回响

读鲍贝

周岂衣 主编

内蒙古文化出版社

图书在版编目(CIP)数据

回响：读鲍贝/周岂衣主编. — 呼伦贝尔：内蒙古文化出版社，2023.5

（中国好美文）

ISBN 978-7-5521-2171-1

Ⅰ.①回… Ⅱ.①周… Ⅲ.①鲍贝—文学研究 Ⅳ.① I206.7

中国版本图书馆 CIP 数据核字（2022）第 249637 号

回响：读鲍贝
HUIXIANG：DU BAOBEI

周岂衣 主编

责任编辑	那顺巴图
封面设计	张永文
出版发行	内蒙古文化出版社
地　　址	呼伦贝尔市海拉尔区河东新春街4－3号
直销热线	0470－8241422　　**邮编**　021008
排版制作	北京鸿儒文轩文化传播有限公司
印刷装订	三河市华东印刷有限公司
开　　本	787mm×1092mm　1/32
字　　数	150千
印　　张	9.75
版　　次	2023年5月第1版
印　　次	2023年5月第1次印刷
书　　号	ISBN 978-7-5521-2171-1
定　　价	66.00元

版权所有　侵权必究

如出现印装质量问题，请与我社联系。联系电话：0470-8241422

题 记

鲍贝，奇女子也。有多奇，且看书中各界人士对她的纷纷品读。此集精选、汇编了有关鲍贝的印象记 13 篇、作品评论 27 篇。这些文章从不同的角度，描摹出了一个当代作家的传奇生活和生动形象，为我们呈现出鲍贝和她的文学异常独特的美，以及这个世界的斑斓多姿。

除了行走世界和小说创作之外，鲍贝还在杭州创办了两家鲍贝书屋，一为西溪湿地的徽派古宅，一为良渚圣地的世外桃源。其地理位置清旷幽静，内部陈设清雅怡人，各类藏书五万余册。创设不久，鲍贝书屋即荣获"中国最美书店"的称号，引来国内外读者的关注。

鲍贝，作家，
鲍贝书屋创始人

邱华栋，作家，
中国作协书记处书记

李敬泽，作家，
中国作协副主席

雷达，文学评论家，作家

谷禾，诗人，《十月》杂志编辑

夏烈，评论家、作家。杭州师范大学教授

谢有顺，文学评论家，中山大学教授、博士生导师

续小强，诗人，
山西出版传媒集团编审

郭建强，诗人，
青海省作协副主席

盛子潮，文学评论家，曾任浙江省文学院院长

海飞，作家、编剧

范晓波，作家，某杂志主编

群决，藏学研究者、廉政文化学者

李浩，作家，河北大学教授

许在强，建筑师

毕艳君，青海省社会科学院研究员，
从事文学评论与民族文化研究

缪小艳，金融系统资深专员，
爱好诗歌、散文

向尚（向萍），
作家出版社编辑

王明刚，运营总监，诗人

周岂衣，中央美院在读研究生，
出版有长篇小说《十八岁》

目录

上集 / **速写鲍贝**

3　　娇柔似若春梅，骨傲应亦如是 / 李浩

9　　当美成为范式，何妨再冲动一点 / 郭建强

14　　对鲍贝的 N 种误读 / 范晓波

22　　鲍贝和她的西藏 / 尼玛潘多

27　　身边的传奇 / 缪小艳

39　　遇见鲍贝 / 毕艳君

46　　认识鲍贝是个意外 / 群决

54　　鲍贝与她的最美书屋 / 许在强

59　　行万里路　读万卷书

　　　——郭建强对话鲍贝 / 郭建强　鲍贝

70　　转山九问

　　　——郭建强对话鲍贝 / 郭建强　鲍贝

82　　另一种旅行

　　　——向尚对话鲍贝 / 向尚　鲍贝

97 巴黎、纽约、杭州

  ——三个最美书店和美丽店主的故事 / 李仪 凌寒

105 妈妈的世界我不懂 / 周岂衣

下集 / **作品评论**

121 观我生和我观世

  ——鲍贝小说综述 / 邱华栋

130 哀信仰记

  ——读鲍贝小说《出西藏记》/ 续小强

135 另一个世界与你的彼岸

  ——读鲍贝小说《出西藏记》/ 谷禾

146 我们是彼此的人间烟火

  ——鲍贝小说《还俗》读后 / 续小强

154 慢处声迟情更多

  ——读鲍贝《去西藏，声声慢》有感 / 续小强

158 天堂在虎穴中

  ——鲍贝长篇小说《观我生》序 / 李敬泽

164 在猜谜中品尝生命的滋味
　　——鲍贝长篇小说《观我生》的一种读法 / 郭建强

172 探寻情爱秘径的"异域"旅程
　　——读鲍贝长篇小说《观我生》/ 李浩

177 心灵史之外
　　——读鲍贝长篇小说《你是我的人质》/ 续小强

183 失根的人们
　　——读鲍贝长篇小说《你是我的人质》/ 郭建强

191 残酷的叙事
　　——鲍贝长篇小说《你是我的人质》简评 / 郑翔

197 爱的无望与挣扎
　　——鲍贝中短篇小说的气质及其他 / 续小强

206 每个人的罗马
　　——读鲍贝《每个月的罗马》/ 续小强

216 关怀每一颗孤独的灵魂
　　——评鲍贝小说 / 雷达

220 鲍贝坐而论女
　　——《悦读江南女》序 / 盛子潮

223 每个人都有一次精神远游
　　——读鲍贝《轻轻一想就碰到了天堂》/ 谢有顺

227 从"寻爱"到"失爱"
　　——鲍贝小说《伤口》的女性视角 / 夏烈

231　鲍贝的情感寓言
　　——评鲍贝的三个短篇 / 夏烈

237　人性测试的实验
　　——鲍贝小说《书房》素评 / 马钧

246　每个人心中都有伤口
　　——读鲍贝长篇小说《伤口》/ 海飞

249　烛影之歌
　　——为鲍贝诗集而作 / 续小强

263　鲍贝的诗意与才情
　　——读鲍贝的诗集《直到长出青苔》有感 / 王明刚

271　你和解与否？
　　——读鲍贝小说《平伯母》/ 续小强

275　逃而不得：创伤叙事与"旧"女性故事
　　——读鲍贝小说《平伯母》/ 赵依

281　那些拓展视野和内心的冰川雪峰
　　——读鲍贝的《圣地边将》/ 郭建强

287　《圣地边将》编后记 / 续小强

290　《鲍贝书屋》歌曲浅析 / 周岂衣

上集

速写鲍贝

娇柔似若春梅，骨傲应亦如是

○

李 浩

我和鲍贝说，我们之前见过。在古县《名作欣赏》的会议上。当然也只是一个照面，她从西藏过来，和几个朋友一起。她完全没有印象：你在？你也在？我说是的，我在。在那个关于70后写作的会议上，我评的是阿袁的小说。她大约是装作恍然，其实还是没有印象：是啊是啊，我们……说过话不？没有。我说。但那是我们的第一次见面。之所以这样说，是因为当我们在鲁28班做同学的时候，鲍贝把它当成是我们的第一次相识。或许正是这一插曲，让我和鲍贝熟络起来，成为好朋友。

来自杭州的鲍贝携带着江南的气息，雨水的、柳丝的和梅花的——是的，她符合我关于江南女性的全部想象：

她身上有那种静雅、古典、甚至略显娇嗔气的美；轻的，柔的，甚至有种需要呵护、但不可亵慢的软。分外得体的布衣、旗袍，在貌似淡然的平与和中又能让她时时不经意地让人关注。

她也会把自己的那份静雅带入到她的周围，她的环境中。譬如在28届鲁迅文学院高研班她的宿舍里，那种略带有"格式化"的房间竟然被她布置得温馨舒适：她懂得利用，懂得移借，一张平常的桌子被她挪至一侧成为茶台，一下子让整个房间显得大了也生出了雅趣。那些自带的茶具自显它主人的心性和品好，而即使那些平常器物，像一只小碗一个水瓶，经她插入在外面采来的小花和枝叶，自也有一种贴近的美出来，那种气息是润的、渗入的，不会给人半点的躁气和压迫。再譬如，在我们显得乱哄哄的酒席上，她一边得体地融入，总保持着那份东方化的古典气息。酒至微酣，那些有性情的人怂恿唱歌，怂恿的人有我，唱，我不行也不敢，但敲边鼓的事却好做，一个个唱下来，待到鲍贝。越剧——《沙漠王子·算命》。时隔已有半年，但我还清晰记得她一开口时给我的"惊艳感"："手扶琴儿心悲惨，自己的命儿我自己算……"如泣如诉，回声袅袅，珠玉倾盘，她让自己的身侧形成一条涓细的涡流，让人在不自觉中沉浸。我得承认，来自于江南的女子能够轻声燕语，唱得越剧或者评弹，也是我"江南想象"中的一种，只是我没有想到她会唱得那样好，那样动心动情。后来我重听《沙漠王子·算命》的几个版本，却依然觉得，鲍贝的演唱更有感染力，更有余味。

鲍贝爱梅。她有一枚漂亮的闲章，吻梅堂，而嘱我写给她的小楷也是和梅花相关的诗句，我抄录的是杨万里的《钓雪舟倦睡》：小阁明窗半掩门，看书作睡正昏昏。无端却被梅花恼，特地吹香破梦魂。杨万里的这首是鲍贝的要求，她极为喜欢这首诗，至今，我还欠她一幅梅花图，于我这确是一个已经答应却不敢轻易的"债务"。鲍贝说，她家院里也栽有一株梅树，她觉得，梅与她有共用的魂——是的，这也是我的感觉，有时我觉得，坐在对面慢慢品茶的鲍贝就是一树开出的梅花，那树梅花，开在她的品性里。

梅的品性：对应于鲍贝，在这时我说的还多是她柔性的部分，静雅的部分，花朵的部分，而它和她都还有另一面，强韧的和傲骨的一面，如果取消或者忽略了这一面，梅的品性是不完整的，对鲍贝的认识也是不完整的。在这里，我愿先借用郭建强在《当美成为范式，何妨再冲动一点》里的描述，我觉得，他更是一个懂得的人："游走世界，常常独自踏上通往冒险旅途的鲍贝，其实是个典型的江南女子……这个江南女子不寻常，不寻常在于她以自己的一次次行动，在向已经成为国人审美范式的故乡表达着某种不满足感，甚至是反叛；还在于，她不惜熬夜毁容般的坚强，向充满享乐和富足感的物质社会表达抗议，并且独寻所思所爱。""鲍贝的出走往往带着私奔般的热情。她不在乎穿着拖鞋去旅行，也不在乎是否独自一个人的缠绵……鲍贝的出行直截了当，删繁就简，直奔核心，直夺与汉地迥异的文化核心。而在异质的文化地理区域，鲍贝并不打算作奈保尔式的精确研读后的定点发炮和发言——鲍贝不使用工具，她相信的是她的眼睛，她的身体，她的心灵；她只愿意以最本我的生命感觉，切入不同于己的人们的内心。"

鲍贝时常会有独自的、想走就走的旅行，这份旅行里探险和冒险是并存的，险，在这里很可能并不是一个轻飘的、无质量的词，尤其是在全然的陌生当中。在那时，她也许会表现出另外的一面：凛然的、强韧的、决意的……只是，我不太认为这是"分裂"出去的另一个鲍贝或另一枝梅，不，还是统一的，如同向不同的向度伸展出去的两条枝杈……就如梅树，开出的花朵自有它的娇弱感，但同时，那种强韧也在着，始终地在着。她有着处处妥帖的精细，也有着不饰不伪的直截了当，她有着水质的轻绵却也可以经霜傲雪，这在鲍贝那里自是圆融。

鲁院学习期间，因为时间的关系，鲍贝似乎并无过于遥远的旅行，但周末或者某个休息日，她还是会安排下说走就走的旅行，不和任何人打招呼……我是在她的微信里见到她的"旅行"的,她随意地将路径的美收集起来,放进记忆的行囊中。她时常独身一人前去,这,也如梅的品性。

在鲁迅文学院学习期间,两次的社会实践我都因事未能参与,鲍贝在"旅行"中的样子是怎样的我无所知,在这里,我无法弥补"细节缺失"的遗憾。其实我很想知道在我们品茶、聊天、谈写作之外的鲍贝是怎样安置她在旅行中的生活的,她留在小说里的蛛丝马迹并不能全然地补充这份遗憾。

我当然不能不提及鲍贝是一名作家,是一名有着众多粉丝、卓有影响力的青年作家,我读过的就有《观我生》《书房》《转山》《空花》……邱华栋说她属于"低调的实力派",确然,鲍贝并不是张扬的写作者,她不屑于自我宣传,以至于,一个有她作品的研讨会,她竟然中途退场,回自己的房间里喝茶去了。这样由着自己性情"中途退场"的在我印象里还有另一个人,奥尔罕·帕慕克:"写作是我喜欢的事,我也愿意交流,但俗话套话我不想费时间听。"她的退场让我这个主持人略有尴尬,但也理解,甚至小有敬意:写作是她喜欢的事,在这件喜欢的事中,她不太在意利害。这,何尝又不是梅的品性呢。她写着,是因为她需要,是因为她试图向相通的人表达,她不想在这里塞入怎样的曲媚,哪怕出于"人情世故"。

她写着,她试图表达——鲍贝写下的文字有一种诉说感，有种娓娓道来的流畅，其中不乏小小的华美之处。她善于经营故事、设置波澜，让它有多条线的交织和并进，让我们随着故事的推动而进入旅程，生出感叹和感动。当然不止于此，读着，你会发现她讲的那个异域的、陌生的故事不只是他人的，也是你的，是此下的生活中，你试图想清楚的，是你在精神世界中一直得不到答案的疑难……它让人思忖。她关注命运、可能、陌生和冒险，关注罪与罚，关注灵魂和它的种种可能性。

"就如走在这条赎罪的道路上，没有什么罪是不可以被原谅的。生与死，爱与恨，俱在一念之间。"这是鲍贝设在《观我生》中的句子，它是追问的起点，而不是终点，这个"一念之间"其实足够漫长，让你在读完书的最后一个词之后它的余韵还在。

就像，我听完鲍贝在酒宴上的演唱，感觉意味犹在一样。

当美成为范式，何妨再冲动一点

○

郭建强

鲍贝直如妖魅般的背影、侧影，以及红唇和微笑，出现在迪拜、意大利、埃及或者尼泊尔时，她和她的颇具个性的衣着佩饰，很有相融于奇国异域的国际范儿；出现在德令哈、玉树、拉萨、阿里等藏地时，她和她的颇具个性的衣饰，在展示这个女子永不向庸凡生活妥协的同时，其文艺范恰如六月的蓝紫色青藏龙胆花，显示了一种魂有所系的安然和舒泰。

游走世界，常常独自踏上通往冒险旅途的鲍贝，其实是个典型的江南女子。而鲍贝的美，也实实在在是江南水乡滋养的结果。这个江南女子不寻常，不寻常在于她以自己的一次次行动，在向已经成为国人审美范式的故乡表达着某种不满足感，甚至是反叛；还在于，她不惜熬夜毁容般的坚强，向充满享乐和富足感的物质社会表达抗议，并且独寻所思所爱。

在鲍贝的日常生活里，我们也看到这位脑后暗藏反骨的女子和我们所期待的那类女子一样，优雅地种花弄草，抚琴丹青，品茗购物，相夫教子，与一种美的范式合辙押韵。而只要你对她深读，却不难觉察这位女子绝无临水而立的那种全身心的投入感。她在以上场景之间仿佛置设了某种警戒线；其实是一种虽可施之，却不能完全实施的状态。

鲍贝对成熟美学和大闸蟹般的生活姿态，最直接的反抗就是接近于出走般的直奔高原。鲍贝的出走往往带着私奔般的热情。她不在乎穿着拖鞋去旅游，也不在乎是否独自一个人的缠绵。因此，读她写于十几年前的旅行记，会让人感到她是位高段位的驴友。实际上，鲍贝也的确称得上是位高段位的驴友，在流行语"来一场说走就走的旅行"还没诞生之前，鲍贝早已经在身体力行了。而且，她在多年前就不顾生死，用自己饱满的生命去拥抱大片大片的高寒极地——而非小心翼翼地探触。鲍贝的出行直截了当，删繁就简，直奔核心，直夺与汉地迥异的文化核心。而在异质的文化地理区域，鲍贝并不打算作一个奈保尔式的精确研读后的定点发炮和发言——鲍贝不使用工具，她相信的是她的眼睛，她的身体，她的心灵；她只愿意以最本我的生命感觉，切入不同于己的人们的内心。

"我"的视角，使鲍贝呈现的世界有了明确规定，同时也就带着她个人的体温和呼吸。鲍贝的决绝，在这个意义上与玛格丽特·杜拉斯有几分相像。因此，鲍贝到底有多少粉丝都不足为奇，有多少人爱她或者忌妒她，同样也不足为奇。原因在于，成熟的美的范式固然安全雅致，但终究保守单调，缺乏一种从我们到上帝都希望出现的创造力和性感。

鲍贝如果只是个单纯的驴友式的生活和对生活的反抗者和缝补者，固然也"猛烈而美"，但会缺少某种至深的阅读快感和痛点。毫无疑问，她的冲动和反抗是有深层动因的，其中难以修剪的纠缠和纠结，只能来自她最秘密的生活和生命经验。或许，我们可以把这位美而优雅却舍弃大众式生活享乐、不惜枯僧般在灯前月下手敲键盘度过良辰美夜的行为，称之为宿命。

鲍贝选择了写作，成为如今社会中属于"少数人中的少数"的作家、小说家。阅读鲍贝的小说，扑面而来的是极具个人主张和色彩的叙述，在她诸多小说多元多极的叙述支点中，都可感觉到作家个人气质的靡荡。鲍贝的小说特点之一，是在"日常生活"中寻找和挖掘某种潜在信念。鲍贝可不是拿着现成的、既定的某种信念作为标尺，懒汉式的顺顺溜溜地编织故事。在她的小说中，更多的是一种撕心裂肺、拼死拼活的反问和号叫。她的小说中常常流动着某种荒诞和绝望，而哲学甚至宗教意味上的感悟，和获得信念之艰难也由此生成。这在鲍贝长篇小说《观我生》和《你是我的人质》中，都有着出色的表达。再往前推，鲍贝的小说无论写情爱，还是写世事；无论写富足人群，抑或底层民众，都有一种逼问人生困窘本相的锐利。

鲍贝为什么会这么表达，在她文字中所呈现出来的强烈的绝望和孤独感来自哪里？鲍贝不厌其烦地让她笔下的各类人物身染孤独，有时孤绝的魔症，几乎可以被看作是末世写作。在她早些年的小说《空瓶子》《我爱张曼玉》《松开》等短篇佳作中，已经清晰地传达了财富无解孤独的真实本相，已经敏锐地观察到了情爱与性爱之间难解的互换和兼容，以及相互拆解的复杂微妙。

有一段时间，鲍贝的视点凝聚在中国式有钱人身上。我猜测，她是像一个女巫一样口齿清楚地宣布一种不讲信仰的社会行进的无能、无力和无效。并且，她的播报带着钢铁楔入身体、浸染血液的冷热兼具的效果。也正是在"上穷碧落下黄泉"式的追寻和拷问中，在近乎"山穷水尽疑无路"的描述中，鲍贝的小说反而生长出了一种绝处逢生的意味，具备了一种以头撞墙式的蛮力探索。

奇怪的是，关于社会人生的惨烈，恐怕人人皆有感受。但是，大家习惯沉溺于一种由来已久的吹拉弹唱，一种自足自乐的审美范式，这多少有点冷血和贫血。何况，在古典的美的构成之外，我们并没有形成和创造新的美学范式。由此，我们可以认定鲍贝小说的价值在于它保持生命基本的冲动，这种冲动不断地冲刷僵固的美学习惯，冲击着现实已在的和潜在的各种规则所留下的种种努力。

鲍贝以写作抗衡富裕时代的庸常和无趣，她一遍遍出走和返回，带给杭州格调不同的补白和冲动，再回到鲍贝留给世人的外在形象，似乎更值得玩味。她一味妖娆，给一种我们熟悉的美镀上了一抹难以言说的亮色。你很难分清她是在给我们成为范式的美添彩，还是冲动着在创造另一种美。

鲍贝的生活自由自在、海阔天空，她的写作亦从未拘泥于任何形式。她拒绝所有的命题写作。也正因如此，她的所有作品都如在大自然中开出的花朵，芬芳夺目，不拘一格。去年夏天，她突然又去了西藏，毅然决然地去转山。那是一座被世人称之为宇宙中心的冈仁波切神山，海拔接近七千米。不知道她是凭着哪股子劲上山的，也不知道她在严重缺氧的神山上如何度过那惊心动魄的几天几夜……总之，她圆满地转山回来了。回来后她把自己关进书房，闷头写了一部小说叫《空花》。

我还没有读到这部小说，听说最近即将出版。我很好奇，她是如何把她的转山经历转化成她的小说的。让我们拭目以待。

对鲍贝的 N 种误读

范晓波

她住的房间会开花,不分季节,不分地域。杭州的书房,鲁院的宿舍,旅途中的酒店。花开在瓶里,她裹着花色鲜艳的布衣开在瓶外。她也很乐于把自己和鲜花的互文关系通过微信秀出来。

虚荣啊,我心里想。

可是有一天她居然说,花并不都是朋友送的,她也常给自己买花的。我确实亲眼见她在花店给自己买玫瑰,亲眼见她在路边采不起眼的小野花。没花可采时,她连松花和枫叶也不嫌弃,恭敬地请回来精致地摆布在案头。

她不过是爱花爱得超出日常需求,爱到几乎不要命。

八九岁时,在外婆家的水库边走路,一束刚采的野百合花让她的眼睛遗忘了脚下的路，她一步踩空，花飘向水深十余米的水库，她也追随着跌入。如果不是恰巧有大人过来钓鱼，她就成了那束百合的殉葬品。

她十多年没上班，稿费也不是特别多，却用几万块钱一把的铁壶煮水，一任性就扔出几十万在郊外的山上建了一座一年也不会去两次的小木屋。再一任性，汇了五百万到西藏租用一座老王宫，结果只买回来一个梦想太辉煌就会咬人的教训。

依据这些任性，大家都认定她要么出生在富贵之家，要么是嫁了个有钱的老头，她隐约听到这些猜测，从不解释辟谣。

类似的想象在我心里也很蓬勃，只是出于礼貌，按捺住了探究的热情。有次谈到她深爱的弟弟，她才顺便扯到自己和物质的关系。她结婚时男方家境和她差不多。她也并非生在富贵之家。富贵停留在爷爷那一辈，停留在民国时期的宁波。20世纪50年代初，父亲被领养到象山后，家里的物质生活也下降到村里的平均水平。她甚至有过没钱买车票去城里上学的窘迫。

她无法忍受物质对人的欺压，理性地选择了建筑专业。工作后又把弟弟从老家带出来送入建筑界。只用了不到十年时间，姐弟俩就彻底摆脱了穷困对人生的约束。

当弟弟在赚钱的路上一路狂奔成为建筑界的翘楚，她却果决地从那个日进斗金的行当中撤了出来。

"当物质的欲望成为生活的主体时,也会羁绊你的自由和梦想。"她不到30岁就有了这样的清醒和豁达。

文学写作和周游世界也是从那时开始的。

她并非通常意义上的自由职业者,不过是用十年的高效工作提前赎回了不工作的自由。这个发现令我感慨而惭愧,当我们只是满足于在精神上超越物欲时,她已在现实中完成了了断。超越得那么早,撤退得那么及时。

经历了两次误读和重新解读后,我有了更多兴趣和机会洞察她身上的"表里不一"。

写作十多年,加上经常四处游走,她的哥们、姐妹众多。在集体生活中她也长袖善舞,应付裕如。在鲁院学习时,不时有外面的姐妹带着玫瑰和礼物来学院看她。她乐于和男同学分享自己的好茶好烟,乐于和女同学分享旗袍和布衣。在一次联欢晚会上,她导演了一场诗歌小品和旗袍秀,并上台吟唱了一段《葬花吟》惊艳全场。她像一朵花,开在台下,也开在台上。那时候我们还不是太熟悉,负责全程拍照的我,发现相机里她的照片最多。后来才得知,她根本就没学过唱戏和表演,更没学过导演,一切都是即兴安排。来不及买衣服的同学,身上穿的旗袍和布衣都是她慷慨提供的。

这些都是我做不到也不想做到的,对于能做到这些的人,还有点敬而远之的本能。不过时间一久,这本能就显得不大结实。

刚到鲁院时,几个曾和她一道开过笔会的同学跟她叙旧,她目光恍惚得令对方难堪,因为间隔的时间不足以令人失忆。后来有人发现,她的大脑具有自动清屏功能,热闹散去,人影和人名也随着闹哄哄的空气消失无影。

她爱说笑嬉闹,似乎和一棵树都能开上玩笑,却极少敞开心扉。哪怕跟交往了二十多年的闺蜜独处,她充当的角色也肯定是倾听者而非倾诉者。

见多了这样的场景后,我认定,她虽不排拒人群和社交,心里的栅栏却扎得又高又密,很少有人能进入并看清里面的摆设。

在这点上,她倒显得比我更极端。我远离聚众欢笑和泛泛的社交,是为了把知心话献给极少数的知己。在她眼里,这极少数似乎都是不存在的。她只信任自己,或者说,她时刻警惕着女性易有的"祥林嫂"倾向。

在面对外界的纷扰时,她又远比我宽厚圆融。

集体生活中不时会发生有意无意的怠慢和冒犯,她竟能做到从不和人红脸。她常说的一句话是:"不在意是最有效的回应。"

我亲眼见证她笑着化解一些意味深长的尴尬,如春风化雨不露痕迹。

春风不能化解的定然是极其恶劣的事，那她也不会顾及风度，直接请雷电代劳。

某年某月的某一天，某个自以为能帮她的人赤裸裸地向她提出某种非分的要求，她收起招牌式的笑容，把杯中的白开水赤裸裸地浇到了对方脸上。

朋友们都爱拿她的外表说事。确实，她身段娇柔，声调妩媚，性别辨识度颇高。男性恭维她时喜欢把她同花呀朵呀、江南呀，烟雨呀之类意象牵扯起来，相熟的女伴直接说她身上有妖氛，赐号鲍妖妖。她的脸笑成小灯盏，悦纳所有或温暖或灼人的语言火焰。

既然成了江南美学的象征和人体Logo，我想，她的脾气肯定比身段还柔软，即便不比身段柔软，也不会比我的脾气更臭。

某日我们面朝冬阳谈论美好天气，因我重申了之前表达过的人生姿态，她的不屑和不耐烦像被惊扰的蜂群一般飞舞起来："不要过度表白自己的骄傲，过度表白说明你还不够自信。"

我头脑嗡地爆炸了，血液几乎要冲破皮肤飞离身体。

她敏感于他人的骄傲，更抗拒他人在她面前释放骄傲感的企图。孔雀还来不及把屏撑圆，她的炸弹就扔了过来。

众花中她尤爱梅花，起初，我以为是梅香迎接了她的诞生。后来细想，花朵的娇柔与枝干的刚劲其实是梅的气质不可分割的两个部分，缺少了任何一半，梅的意蕴和魅力都会减半。

在第28届鲁迅文学高研班这个回炉性质的作家班里，作品研讨和推广活动比较多，她很少有兴趣出席，哪怕有她的新书参与，她也坐不满全场，也懒得陪评点嘉宾吃饭。有某某出版社、大刊、大评论家参与的饭局也常因为更小的事情缺席。

有了对梅花与梅枝的关系的认识，我以为这应该同她暗藏的骄傲有关，她无须靠稿费养活自己，也不需要靠评奖获取体制内的任何好处，所以不愿他人的骄傲有机会欺压自己的骄傲。

后来发现这纯属过度解读，有些类似饭局她无聊时也会参与。和文学圈交往时，她其实无比放松，既不刻意亲近，也不过于敏感。

与我的过度警惕相比，她又显得宽容大气了。

对于写作这个无法绕过的话题，我们曾有过一两次私聊。

鲁院的学术论坛常围绕着先锋派和现实主义展开对话，她从不发言，她的写作似乎也和二者毫无瓜葛。她既写白领们爱看的长篇小说，也写少年们追捧的旅行随笔。有的姐妹看了她的小说会恐惧爱情通宵难眠；有的小店员读了她的旅行笔记迷上了虚无的远方，辞掉工作上路，模仿她的姿势面对夕阳展览孤单背影。

评论家谈论她的作品时，有时会对她偶尔的通俗倾向表示疑虑。我读过她的《观我生》，认定她可以在狭义的纯文学和通俗文学框架外营造自己的文学气象。十多年的国内外行走中，她对宗教、对自然、对生命，对社会、对多种文化之间的融合与冲突都有切肤而别致的体验。这些优质资源是绝大多数同龄作家所匮乏的。它们的混血优势在长篇小说《观我生》中已光彩初现。如能好好规划和开掘，定能自成流派。

"你不要浪费自己的资源和才华。"我像个老人那样庄重地对她说。

"生命都是用来浪费的，何况所谓的才华呢。"她像个顽劣的大学生轻笑着答。

这话实在有点矫情，辜负冒死力谏者的真诚。可是，它从一个连续十多年不到凌晨三点不睡觉的女人口中说出，又显得那么真切。一个女人，连美容和健康都不在乎，还会在乎什么呢？知道她从不去医院体检后，我更确信了这真切的纯度。

有抱负有野心的写作可能会收获成就感，但太迷恋成就感，也容易让心失去自由。人终归会败于时间和自己。

写作或如当年赚钱一样，她再怎么需要，也不会甘当它的奴仆。

最近发生的误读，与故乡有关。

最初对她谈到我对故乡乡野的挚爱时，她曾那么不屑，"不要过度表白对故乡的爱,你走遍了世界再说爱故乡时，你的爱才不是狭隘的。"这自负的论断曾在我们之间引发战争，几乎到了危及邦交正常化的程度。

今年春节她回象山的老家，跟着父亲走了一遭山中古道，在当天的微信里写道："村里有一条千年古道，居然这么美，这是生我养我的村子，我居然这么多年忽略它的美……感谢父辈，也感谢某人，让我把故乡的根以另一种形式重新植入内心深处。"

这觉悟令每个故乡控感动，也令我重拾骄傲——

这个让我在误读中节节败退的人，居然也有没能看清自己的时候。

鲍贝和她的西藏

尼玛潘多

入秋以来,身体出现各种不适,坐在靠窗的沙发上,感受着暖阳对身体的抚慰,心里却不由自主地神往南方。就在这时,我接到了鲍贝的电话,她告诉我,她已到拉萨,过几天就去阿里。

"我正向往南方,而你却来了西藏。"我忘了自己是不是说出了这句话,但这句话确实是我的直接反应。

这样的行程,对鲍贝而言,并不需要长久的谋划,她总是来去自由,看她的微信朋友圈,她的踪迹总是变幻莫测,似乎没有什么羁绊能拦住她的率性。我们总喜欢调侃她是个幸福的人,生活中只有诗和远方。事实上也真是这样,她才离开拉萨不久,我们在八廓街漫步,在天堂书屋交谈，在朋友家土豆配红酒的日子，仿佛还发生在昨天。这是她一年内三次踏访西藏，她对西藏的热爱，不说也能感受到。

认识鲍贝，是在2015年上第28届鲁迅文学高研班时，那时她就住我隔壁。知道她写过许多关于西藏的文章，不由得对她心生敬意，因为对我而言，把写作对象从西藏移开是从未想过的事情。

我偶尔也会循着欢笑声，走进她那间布置得十分诗意的房间喝茶、聊天，聊她在西藏的经历，聊我们共同认识的人。但惭愧的是我没读过一本她写的关于西藏的书，她也从不急于推荐自己的作品，你读过或者没有读过她写的书，她根本就不在乎。我只从微信上看过她的一些短文，感觉她的写作十分率性，连日常都写得十分唯美，在写作这条道路上，好像毫不费劲，笔耕不辍的同时，旅行游玩拍照画画，日子过得云淡风轻。

今年夏天，受天堂旅行书店的邀请，鲍贝到拉萨签售她的新书《出西藏记》。很早就听她说过，这本《出西藏记》是讲述她在西藏受骗的一段经历，所以十分好奇她怎样叙述这件事。

很多年前，我见识过一位到西藏考察旅游的长者，因为在购物过程中，被人找补了20元钱的假币。他一次次地诉说着对这片土地的失望。他说，他对西藏的所有想象，在之前的旅行中得到了完美的印证，没想到临别之际，一张假币毁了他心目中的西藏。他连连说，他再也不会来了。我知道他难过的不是损失了20元钱，而是不相信在这块圣洁的土地上，竟然会发生这样的事。我十分诧异他对西藏的道德期许竟然比其他地方高出那么多，甚至并不考虑这张假币产生与流入市面的缘由，让我心生悲凉。

藏族有句俗话说："世界都被水淹了，哪里还能找得到干石头？"作为一名西藏本地人，每当看到那么多人视西藏为净化灵魂之地，我并没有感觉到多大的荣幸，只感受到一种难以理解的偏执。

所以，读完鲍贝的《出西藏记》，我突然十分的轻松，我庆幸这不是一本寻找灵魂栖息地的小说。鲍贝以一个外来者的视角，客观地呈现了西藏的原有面貌，既不神圣，也不蛮荒，而是世俗欲望与宗教热情和美相处的地方，就像那条古老的八廓街，承载着商人的欲望与信徒的虔诚，却没有一点违和感。

《出西藏记》是一本独特的关于西藏的书。鲍贝在她的创作中说："偶尔也会遇到刚从西藏回来的人，硬是把对西藏的到此一游和浮光掠影说成九死一生的受难式旅行。""西藏在一场又一场的言说中，成为一个难以抵达的远方和传奇。"基于这样的认识，我相信她也渴望让西藏回归她本真的样子。《出西藏记》是鲍贝所有小说里唯一一个没有虚构的故事,但她没有拘泥于现实的束缚,而是以作家锐利的眼光,层层解剖人物的内心,还原和重构现实,让每一个人物都有了复杂而独特的内心世界,有他们的迷茫与彷徨。这篇以"受骗"而产生的小说,最终以"放下"结尾,这才是人文西藏应有的核心和本质。

同为写作者,西藏已然成为我们共同书写的对象。因为生于斯、长于斯,我理解的西藏既不是神圣的没有烟火气息的地方,也不是落后的蛮荒之地,我一直渴望还原西藏的本真,曾认为生活在这片土地上的人们,应该从内部发出更接近西藏本真的声音。如今想来,每个作家都有局限性,只有从不同的视角看西藏写西藏,才能描出相对真实的西藏。鲍贝的《出西藏记》从外向内、循序渐进的探索和认识,恰好提供了另一种认识西藏的视角,并且是西藏题材作品应该有的另一种客观的视角。

在和鲍贝的接触中,我发现她是个善于、乐于倾听的人,她有一颗宽广的心,能接纳不同的文化、不同的人。她以对别人的信赖,博得别人对她的信赖和尊重。对"异质生活",我从未见她从自己的文化背景出来,以"清醒者"的姿态去武断地评价或批判,她总是微笑地倾听,总是愿意从对方的角度去理解和关怀。因为这样的姿态,有很多人愿意和她交谈,和她交流。

在拉萨,她的朋友很多,有些只交往一两次便成为无话不谈的好友。在八廓街喜鹊阁的旅舍里，在此打工的藏族女人阿珍，以没有起伏的语调，平静地向鲍贝说着她的全部人生经历，包括女人心中最疼痛最不堪回首的往事，好像在和一个有着共同成长背景的闺蜜交心。而我知道，阿珍和鲍贝相识，那时也不过两三天而已。能让一个人如此这般完全打开心扉，并不是什么人都能够做到。他们之间的信赖一定是建立在平等和理解之上的，所以我觉得鲍贝是个情商很高的人，这样的性格，让她得以接触和了解到更多不同阶层、不同职业、不同性格、不同成长背景的人，更加深入地了解生活在西藏这片土地上的人们的所思所想，使她写出的作品更有深度和张力。

身边的传奇

○

缪小艳

如果我是个男人,我一定会爱上鲍贝,并设法与她为伴。当然她不一定愿意,但我一定会拼尽全力。只因我是个女人,性取向也完全正常,追求鲍贝的事情就只当幻想一下罢了。

每每说起鲍贝,总有太多太多的话要说,但要用文字淋漓尽致地把鲍贝呈现出来,实在是件不容易的事情,就像走在一座美丽的大花园,无论你用多少镜头去捕捉,也无法尽述它的所有。

鲍贝是个豪爽又好客的女人,又拥有一座带花园的大房子,她不仅烧得一手好菜,又会拨弄几下古琴,兴致高涨时还会来几段即兴舞蹈。因此,朋友们去她家聚会喝茶或者玩烧烤喝酒便成了常事。那时的鲍贝在人群中谈笑自如，像一位法国式的从容优雅的沙龙女主人。她先生是个好脾气的男人，从不干涉和埋怨鲍贝经常带那么多朋友到家里喧闹。她先生和她是同学，只比她大两岁，却宠她爱她就像一位父亲对待他聪明可爱的女儿，对她的娇惯和放纵几乎到了难以理喻的地步。无论在外面还是在家里，鲍贝从来都是自由的、随性的，她经常会干出些在常人看来甚至是无法无天和异想天开的事情。鲍贝的自我约束和收敛也是由着她的性子来的，她从不受制于人。

也不知是从哪一年的哪一天开始的，鲍贝突然闭门谢客，再不邀请朋友们到家里聚会。有一次我问她原因，她淡然地说，是不想太闹了，想安静。

感觉得出来，鲍贝这几年一直在做着减法，狂减。她不仅不邀请朋友们到家里玩，也几乎不参加朋友们的聚会。她总是找各种借口推拒。她忽然认为，交朋友尤其是交很多朋友是件很累人的事，人的一生中交三两个朋友说说话就足够了。

幸运的是，我成了她的好姐妹，将近二十年的交往，漫长的时间让我们自然而然地变成了无话不说的好闺蜜。

现在回想起来，从第一次遇见她至今，我从未改变过对她的喜欢与崇拜。是的，我用了"喜欢"和"崇拜"这两个词。既然能够成为好闺蜜，彼此喜欢是必须的，是友谊的前提和基础。可是对于鲍贝，我除了对她的喜欢之外，更多的是崇拜，是发自内心的崇拜。在这里我要声明一点，我不是个追星族，也从不崇拜什么大明星或伟大人物，因为所有的明星和伟人都与我无关，与日常生活无关，我看不见他们，也够不着他们。除了屏幕上晃动的影像，他们的生活对我来讲是不具体的，也不真实的。

而鲍贝不同，她就在我身边，切切实实地存在于我所能看得见摸得着的日常生活里。我们随时可以见面，随时可以电话，我随时可以知道她的行踪。她由无数传奇和故事堆积而成，她仿佛是虚构的，就像她写的小说那样。但我们知道，借助于小说的虚构性，人们往往更能够传递最本质最真实的心声。

鲍贝当然不是虚构的，她是一个切切实实生活着的女人，是一个优雅美丽的女人，是一个灵魂充满香气的女子，是一个天真烂漫的女孩。认识她这么久，她在我眼里是一成不变的，却又是多变的。不变的是她几十年如一日始终坚持着的美丽与真实。变来变去的是她外在的形象和她完全跨界的职业。

她是理工大学的硕士生，从事建筑行业，是一位工程预决算造价师，却在工作了十余年之后，突然转行。其实也不是转行，只是她觉得腻了，不想干了，便辞职退岗，闲居在家。辞职那年她还不到三十岁，或者刚满三十，我已记不太清楚了。既然闲居，便有大把的时间用来挥霍，她几乎是从三十岁开始，便过起了云游四海随处行走的潇洒日子，她先生和家人都无法阻止她。

如果没有记错的话，应该是在她辞职后的第二年，或者第三年，她突然便出版了一本新书。那是她的第一本书。没有人知道她是从什么时候开始写下那些文字的。从建筑界到文学界，从一个每天跟阿拉伯数字打交道的造价师到女作家，她居然于不动声色中，随随便便就完成了这个跨界。用她自己的话来说，她之所以写这本书，是为她的"游手好闲"和"不务正业"找一个貌似正当的理由。

果然，她的先生和家里人都为她的"跨界转型"做出了最大让步，再也没有人指责她的任性所为，也没有人再劝她回到原来的岗位上去。就这样，她轻轻松松地在三十岁之前便为自己办理了退休。

可是，谁又会想到鲍贝在游山玩水挥洒光阴之余，竟然写下一本又一本新书，出版的散文集和小说出现于全国各大书店，有的书还一版再版。大量的粉丝读着她写下的传奇故事，而我却把她视为传奇本身。

她游走于山水之间，与各色人群往来交集，却始终保持着她与众不同的漠然气质。她与任何人的交往都不卑不亢、热情却又节制。

我酷爱她的穿衣风格。她与时髦和风尚倒没多大关联，她拒绝跟风，更不会去追逐流行。她是独特的，醒目的，完全地独树一帜。她的风格也并不是固定不变的，而是多变的，牛仔裤、T恤、旗袍、长裙、布衣，宽松的、紧身的、男式的、女式的，她都穿。但一旦穿她身上，经她的巧手随便一搭一配，上身的效果和感觉就是与别人不一样。鲍贝的厉害之处还在于，她不仅能够把旗袍和裙子穿出性感和韵致来，也能把普通的T恤和牛仔裤穿出万种风情。这可能跟她傲人的身材和另类的气息不无关系，她于人前一站，从她身上自然流露出来的那种气息，完全能够魅惑人心，你说她那是仙气也好，妖气也罢，总之，她是出色的，令人动心的，她不仅让男人们想去靠近和深爱，连我们女人也都想去靠近她，想去深爱她。

最近几年她尤其喜欢穿棉麻布衣和布裙，棉麻温和柔软的质地，让她获得了一种更为自由自在的洒脱，少了一些咄咄逼人的性感，增添了几分清雅和随性。她在穿衣搭配方面，还有一点令人叹服的是，她似乎可以驾驭所有的颜色，任何艳丽鲜亮的撞色，在她身上仿佛都能找到一种高度自然的协调和统一。相信这种搭配的能力和自信，一定出自她多年来的修炼和内在的素养。绝不是一件好看的衣裳让她变得妖娆动人，而是她的气息和魔鬼般的身材，赋予了衣裳别样的灵魂和迷人的气息。

虽然穿衣打扮对女人来说是一门很深的学问，也很能说明一个女人内在的修为和涵养,但凭这点毕竟不足以证明鲍贝的传奇性。鲍贝的传奇在于她超强的行动力和实践能力。前面提到她在三十岁时突然决定辞职那件事,足以证明她对腻烦了的生活说改变就去改变的决心和勇气,当然具备这种勇气是要靠能力的。鲍贝是个有着极强的生活能力和智慧的女人。

鲍贝其实不姓鲍,她原是叶姓的血脉,她爷爷生前是大富大贵的地主,娶了个大家闺秀为妻,生了六个儿子,其中一个便是鲍贝的父亲。在"文革"浩劫中,家道惨遭败落的爷爷将他其中一个儿子(也就是鲍贝的父亲)送给了一位姓鲍的朋友,他自己忍受不了被批斗的屈辱,丢下一大家子上吊自杀。那时鲍贝的父亲已在象山半岛的一座村庄里安家落户,改姓为鲍。后来娶妻生子,生下鲍贝和她弟弟。

鲍贝小时候最大的梦想就是逃离家乡。主要原因有两个,一是穷困,二是她的父母都有狂躁焦虑的性格,终日吵闹不休,她在那个家里无法获取温暖和快乐。对于她父母,鲍贝虽然有怨恨,但更多的是宽容和理解。她说她父母的坏脾气多半是由于那时的生活穷困所造成的。

传奇发生了,鲍贝24岁那年,邂逅了一个男人,姓叶,对她百般宠爱和娇惯。在一次闲谈中,聊到各自的家世,没想到那个男人竟是她一脉相承的哥哥,她伯父的儿子。

可想而知，当时的场景一定纷乱如麻。因为鲍贝的一段邂逅，让她父亲和失散将近50年的叶家兄弟们终于团聚。那个亲人相认的场景，多年后的鲍贝偶尔跟我们描述起来的时候，却显得轻描淡写。她说，突然看到那么多长得跟她父亲相像的脸，在她面前晃来晃去，他们的身上和她流着同样的血，他们是她的亲人，却一个个如此陌生，说着不同口音和方言，那种感觉好恍惚。对于她那个哥哥，后来再也没听鲍贝提起过。鲍贝其实很少谈及她的家事和私生活。仿佛她是个完全没有私生活和没有家事的人。姐妹们聚在一起夸夸其谈的时候，鲍贝大多数扮演的角色就是那个聆听者。我最喜欢的事就是与她交谈，当你说了一大堆烦心话之后，她总会在节骨眼上轻轻松松地点上一句，使你茅塞顿开。我相信她是那种有着佛性的人，她身上有光。

也就在那年，鲍贝到杭州谋生，并果断将她弟弟也带到了杭州。一个人出来闯荡是一份冒险，带着弟弟一起闯荡，更是冒险。然而，她对她父母保证她一定能将弟弟照顾好，直至他出人头地的一天。这样的担保在当时无疑是荒唐而不可信的。但鲍贝做到了。她照顾和支持她弟弟，十年如一日。那时她说得最多的一句话便是：穷人家的孩子早当家，我们要吃得苦中苦，方为人上人。当年的鲍贝在一家建筑公司上班，并没那么富裕，但为了支持她弟弟，她说哪怕把自己卖了她都愿意。没有比她盼弟弟成功更为迫切的姐姐了。好在她弟弟争气，就如鲤鱼跃龙门，从一个穷人家的孩子翻身变成一个成功的建筑巨商。而鲍贝把这份功劳推给了她先生和弟弟自己，她认为弟弟的成功和她先生的支持是分不开的，更要紧的是，她看出她弟弟身上拥有着一种与生俱来的管理才能。如今的她再也不管家中事，也不过问他先生和弟弟的事业，一个人过起了闲云野鹤的日子。

鲍贝有个漂亮的女儿，比鲍贝高出一头，从小到大，好像从来不用她照管，小时候由她妈妈管，大了往学校一扔，顶多休息日接回家住两晚，完全属于放养型的。她女儿也不怎么腻她，见了面两个人却亲热地聊个没完，有时候和她们母女待一起，听她俩聊天的内容和说话方式，感觉完全不像是母女，更像是无话不说的亲姐妹和忘年交。

鲍贝还有一句挂在嘴边的话是："天塌不下来。"她认为凡事只要认定了就去做好了，万一失败，那就去面对，反正天不会塌。有一回她女儿在学校闯了祸，打电话告诉她，她也这么对她女儿说："没事宝贝，天不会塌下来，有妈妈在呢！"

问题是，很多在我们看来比天塌下来还可怕的事情，在鲍贝眼里却云淡风轻。就说最近一件事吧。鲍贝喜欢西藏，经常一个人跑过去玩。三年前，她异想天开地跟一个藏族朋友合作，要把拉萨最中心的一座自唐朝留下来的老王宫租下来做文化大院。我们都认为她头脑发热昏了头了，在远天远地的拉萨做投资风险不可估量，万一出了什么事，没有人能帮得了她。但鲍贝死活坚持，她要为了梦想赌一把。她跟她弟弟先借了五百万。在商界已身经百战的弟弟明知道姐姐此举过于冒险，太不切合实际，但为了圆他姐姐的梦想，还是把钱汇了过去。当然，结局是她弟弟早就预料到的，钱一汇过去，那边的事儿便黄了。

接下来的两年多时间，鲍贝走上了一条艰难重重的讨债之路，一个人在拉萨和杭州两地飞来飞去，从搜寻证据到告上法庭，她没让家里人陪她去过拉萨一次。她说，这是她闯下来的祸，就得自己去面对。

鲍贝不是一个容易受骗的人。而这一次，她却被朋友狠狠骗了一把。用她自己的话说，是被自己的梦想给骗了。万一钱追不回来，就当为梦想买了单。但无论如何，这个单买得过于惨重。姐妹们怕她憋着，轮番约她出来吃饭喝茶散散心，她每次都谈笑风生，对官司一事只字不提。在中国有一句俗话："气死不可告官。"我虽然没有经历过官司，但太清楚一个弱女子面对官司带来的一轮又一轮的身体和精神的双重折磨。她让我们心疼不已。终于有一次，某个姐妹对她说，亲爱的，你哭出来吧，别憋在心里假装坚强了。说着，自己便哭了起来。鲍贝反过来劝她，有什么好哭的，哭解决不了问题啊，再说钱乃身外之物，所有发生的一切都是命中注定的。

鲍贝仿佛还真是认命的。在这三年里，她除了进藏搜集证据打官司以外，照样把日子过得风生水起，旅行，养花，陪女儿，写书，和姐妹们偶尔喝茶，还跑到北京鲁迅文学院去读了半年书……她所经历的人性的丑陋和阴暗面太多太多，但她仍然保持她最灿烂的笑容，完全抵达"笑看人生，淡然处之"的境界。

当我们都认定她已完全没可能把钱追回来的时候，她却突然告诉我们，事情已圆满解决了。她奇迹般地把没可能变成了可能。她把钱还给了她弟弟，重又回到她轻松自在的日子里。其实她弟弟根本不需要她还这笔钱。她说，我要这么多钱干什么。后来她弟弟送了她一辆保时捷跑车，她又拒绝了。她说，我要开这么好的车干什么。

因此，鲍贝在好多人看来，是有那么一点"傻"的，她毫无功利心，也从不为明天着想。她说，只要把每一个今天过好了，就把一辈子过好了，想那么多干什么。

鲍贝到底想干什么，我想她心里一定是清楚的。在鲍贝的生命中，从未停止过旅行。开始是地理上的旅行，后来是在阅读写作中的旅行。行走、阅读、写作，她把它们结合得天衣无缝。

我永远都不知道明天的鲍贝会出现在哪儿。经常会发生这样的事情，明明今天还在一起喝茶聊天，问她最近会去哪儿，她说还没定。但第二天打她电话，却被告知她已经在地球的另一边了。当所有的人都在谈论来一场说走就走的旅行的时候，鲍贝早就已经在身体力行了。

鲍贝在一场又一场的旅行中获取着不可估量的能量，她在她的旅行中寻找着另外一个自己。她这么认为，在她的身体里，藏着一个谁也不认识的人，她要把那个人找出来。

鲍贝的旅行绝非游山玩水和享受美景，而是一场又一场生命的冒险和对苦难的体认。很多时候她真是在拿自己的生命开玩笑。

当我们还在筹划着今生今世怎样才能够去一趟西藏，鲍贝几乎已经把自己变成了一个藏族女人，每次看她在朋友圈发那些穿着藏装在藏地随处乱跑的照片，我就会怀疑，她的前世是否就是一个藏族人，不然，她怎么会对西藏那块土地如此迷恋？她几乎把西藏的每个角落都走遍了。

前年秋天，她又闷声不响地跑去西藏转山，据说那座叫冈仁波齐的神山海拔将近七千米，鲍贝在那座雪山上徒步了两天两夜，吃自带的干粮，喝矿泉水。平常人只要在四千米以上的高原就会缺氧、呼吸困难，而鲍贝却在海拔高达五六千米、严重缺氧的雪山上，硬是坚持走完了两天两夜的转山路。看上去那么柔弱的一个女子，到底是什么力量在支撑着她自虐般的旅行？她在最冷的冬天去北极村，到北极森林里去徒步，只为体验一份极寒中的极寒；又在炙热的炎夏跑到新疆火焰山上，去感受赤脚在沙地上走过的那份灼烫感。她去草原，去沙漠，去空旷无人的边境，一个人住帐篷，钻睡袋，与狼共舞，与野狗漫步。她去尼泊尔，去不丹，去越南，去柬埔寨，去印度，去阿联酋，去非洲，去欧洲大地……太多太多的冒险经历无法一一赘述。

冒险归来，在某个突然而至的时刻，鲍贝的脑洞又开出一朵奇异之花，她居然在杭州郊外的山上为自己造了一栋小木屋。把一块山地变成木屋的过程，前后大概一年。她从未跟我们提起，等木屋造好布置成一个像模像样的茶室，她才带我们几个姐妹上山喝茶。原来，她造这座木屋，仅仅只为自己偶尔上山来喝个茶发个呆而已。这在我们看来，完全不符合常理。在她心里一定是有个梦的，她把梦筑在了这个远离尘世的深林里。

我们在谈论鲍贝的时候，总会在最后补上一句：她就是生活中的传奇。也有人这么说鲍贝：她是个有病的人，需要用不断的行走和奇思异想来治愈她。

鲍贝有什么病，病从何来，也只有天知道了。而鲍贝却对此一笑了之，经常对我们甩过来一句：好好活着就是了，想那么多干吗？

遇见鲍贝

○

毕艳君

我很荣幸,能作为青海作家代表团的一员,十一月下旬赴浙江进行文学交流采风活动。我生活的这座高原古城,十一月下旬就已经完全是一幅冬的景象了。尤其是今年,十月初就开始的几场零落雪,一下子就将气温带到了名副其实的冬天,让人感觉这一季的冬似乎比往年都来的更早一些。这个时候,收到要去江南的消息,既令人兴奋又让人充满了期待。

为期七天的文学交流采风活动,行程紧凑,内容丰富,形式多样。短短七天时间,我们几乎一天一个城市,从杭州到嘉兴、慈溪、余姚、宁波、奉化、温州、再到海宁,一路走来虽是风尘仆仆,却给我们留下了深刻的印象。江南水乡湖光山色、波光粼粼的自然美景，精巧柔美、温婉诗意的文化气质，以及令人耳目一新的现代化发展成就，特别是作为我们此次交流重点的浙江文学事业的发展，即浙江全省从乡村到城市蓬勃发展的文学艺术事业，都对我们这些来自不同地域文化背景的外乡人形成了心灵上的冲击。

离开高原踏上江南，鱼米水乡的每一寸土地都强烈地拨动着作家们的心弦，激发着大家的创作灵感。由此我更加确信文学的发展，就是要在这种"走出去"和"请进来"的形式下，在开阔视野、相互学习和深入了解的前提下，在不同文化背景的碰撞中才能够顺利实现。

这次浙江之行，犹如从一个世界到了另一个世界，除了切身体会和感受了不同于雪域高原的另一种文化魅力，使自己对文艺创作有了更深层次的认识之外，就我个人而言，还有一个收获就是遇见女作家鲍贝。

想来人与人的缘分是不可言说的，这次浙江行之前，我对鲍贝知之甚少，零星看过一些网上有关她的东西，但也仅仅是走马观花，并未上心铭记。即使在浙江的七天，也与她只有一面之缘。可是就在初到杭州的那晚，她一袭温婉旗袍的出现，在我心底荡起了一层涟漪。那是怎样的一个女子啊，在我们抛下臃肿与雪花从千里之外赶到她所在的城市时，她以我多少次在想象中出现过的形象示人，身着一袭墨绿色长款旗袍盈盈而至，一下子就击中了我那颗曾经有过的江南缠绵悱恻之心。当然，我相信，不管是曾经、现在、还是未来，她击中的肯定不会只是我一个。

相见匆匆，但我们彼此加了微信。要感谢现在流行的这种现代化的交流手段，它不知不觉已然成为我们不可或缺的生活方式。加上在杭州的那晚相见时，她与《江南》主编钟求是同时道出曾是鲁迅文学院高研班学员的身份，让我这个曾经是"鲁九"的学员一下子感觉到了师兄妹之间的情谊，彼此之间亲近了许多。

回到自己生活的高原古城，那个优雅温婉、落落大方的江南女子，着一袭旗袍笑容款款的形象总会浮现在我的脑海。凑巧的是回来不久，她给我发来一条微信，让我方便的话给她寄两本有她作品的《青海湖》杂志，而之后，在我与作家龙仁青的交流中，我知道了鲍贝与青藏高原、与藏地的一种极深的缘分。自此，我开始有意关注她的微信、留心她的博客。

就这样，我知道了她无数次地去西藏，还去过地震后的玉树，一个人将自己放置于陌生的环境却又很快在当地结交一些好朋友的故事，她的这种随意行走看似冒险却又简单真实，充满了人与人之间彼此信任与友好的快乐与幸福。也正因此，在她的笔下，我们常常会看到她对来自藏地的朋友的深情文字。

于是，多吉顿珠、阿旺扎巴、多智、才登这些我熟悉和不熟悉的名字，和他们去过的草原和未曾去过的草原，都真实而毫无保留地在鲍贝唯美生动的文字里肆意铺展开来。它们的爱与美让人怦然心动，一如他们落在鲍贝心中的位置。平常可以疏于问候，但绝不会从心底拿开。阅读这些文字，由她展示的藏地和草原的美，让我这个生在高原却经常与草原擦肩而过的女子感到深深的震撼。她文字里的描述，心灵的独白与对生命的叩问，即使是生于斯长于斯的一些作家也难以抵达，而更是大大区别于一般的游记。她的笔下，隽永雅致的文字往往隐匿了藏地独特的神秘文化，更多展示的是在每一次的远行中心灵得到放逐后的精神洗礼。细腻柔软的文字间或带有忧伤与孤独，质疑与艰难，但从不乏真诚细致与优雅从容，笔底自有一股韧劲与张力。由此，我也开始怀疑，是否她的前世就在藏地的草原美丽绽放，所以她如今的行走就是今生与前世的相遇。要不，怎么"轻轻一想就碰到了天堂"？

今年冬天，她又去了西藏。微信上她匍匐于大昭寺门前的照片，将她的身影拉得很长很长，也让我对于她在冬天的拉萨之旅心怀敬佩。一次说走就走的旅行，让无数人羡慕与向往，而她，一次次说走就走的藏地之旅，都是一次精神的出走，是一次和天地人心的亲密对话。正如她自己所说："它是对心灵的一次彻底放逐，对生之无涯的又一次体认。它让我逐渐懂得艰难、孤独、质疑、享乐、受苦对生命之必要。"

她在行走，也在收获。无论春夏和秋冬，她无法停下的脚步，印证着她一颗不安分的心正是在一次次澄明洁净的天空下寻求身心永恒的宁静淡泊。她的行走，总是向着那些有信仰的人所居之地，也是因为她在这些地方的行走中，想和灵魂中那些细微的动静相遇，想和自己寻求的精神高地邂逅。

高原的天是离天最近的地方，不去高原，你不会知道天有多蓝。地理纬度上的高度在某个时刻决定了她行走的高度，而冥冥之中的注定，却成为她对高地的不二选择。所以，她从绿意葱茏、满眼繁花的江南行色匆匆地赶到西藏，赶到青海，却不慌不忙落足在辽阔的草原，在格桑花开的季节里，与藏族朋友跳起原本只属于草原的歌舞。在她慵懒细腻、温婉敏感的文字里，一切藏地皆充满了灵性却又不露痕迹，让人爱并且深爱。

一个人的旅行，原本就是和喧嚣无关的事情。鲍贝一次又一次的独自远行，就像蜗牛脱壳而去，终将见到满世界的风景。她说风景在窗外，要走出去才能看得见。相比较她的小说，我也更喜欢她行走着的文学。这类作品能让我毫不费力地洞见一个江南女子说走就走的真正心思。她游走各地，却目标明确，总是朝着某种召唤而去。每一地、每一景的感悟思怀间，温婉与敏感直抵人的内心。

诗人郭建强在评论鲍贝的小说《观我生》时，说鲍贝胆大，《观我生》直取与《红楼梦》《尤利西斯》两位大师相近的旨意。从她说走就走的行程中，我也觉得她胆大，但是这种胆大是一种勇气，有令人着迷的魅力。这样看来，这个江南女子身上令人着迷的地方可是不少，温婉柔美、随和优雅、敏感多情、纯真浪漫，甚至胆大心细，都是对人的深度诱惑。难怪江南一面，她就深深印在我心里。

最新见到她的文字，是她写给自己木屋的一封情书。这个木屋，从最初的一块荒地开始，由一块砖、一根木头、一扇门、一扇窗慢慢建成，成为她如今读书写作、茗茶论诗的所在，而偏偏，又是在远离城市的山上。这是她在现实世界里给自己找的一个世外桃源。"一间干净的木屋，在人迹稀少的山林里。透过落地大窗，可以看见深山里的花草树木和天空。春天山花烂漫、香气袭人；夏天听各种鸟叫声在清凉的山风中连绵不绝；秋天果子熟透，随手可摘，树叶黄了一批，又落了一批，有些树木四季常青，山林的颜色变得五彩纷呈，似一幅浓彩重墨的油画、浑然天成；冬天大雪覆盖整座山林，小木屋银装素裹，静若处子。后院我亲手栽下的那棵梅，在雪地里冒出来好几朵。我踏雪而去，折下一两枝，插在花瓶里，煮一壶陈年老茶，看看风景、看看书，或者发发呆，虚度一整天……"这些描述，在细致深情的文字里足见她对木屋的喜爱和恬淡生活的热爱。

走走停停，停停走走，远离红尘，安置内心。在她生活的城市，有一个能使她陶然和卓然，并随时可以归去的所在，雪天茗茶，夜来插梅，而且是貌似童话故事里才有的那种远在山上的木屋，我也为她欢喜。在那种安静和远离中，相信这个遍走各地的女子会让自己的内心越来越丰盛。

阅读鲍贝，让我想起了气质如兰这个词，尽管她微信的图片里会常常见到玫瑰与其他盛开的花。而她正如一株幽兰，静静生长，默默开放。盛放不为与百花争艳，只为不辜负了宝贵的生命。

这个冬天，在江南遇见鲍贝，我想我们下一次的相逢，一定是在藏地的草原上。

认识鲍贝是个意外

○

群 决

认识鲍贝是个意外,与她成为好友更是个意外,而鲍贝的生活方式和种种行为在我看来,也是个绝无仅有的意外。

四年前的冬天,我正好在休假,有个老哥在没有征得我同意的情况下,直接帮我订了去杭州的机票。于是,我便被热情而慷慨的朋友从雪域高原运到杭州,而我不得不把休假时间献给了眼前的锦绣江南。

第一次见到鲍贝是在西子湖畔。我那老哥喜欢社交,他的朋友不仅遍布西藏各地,也遍布全国各地。当时在他的召集下,来了好多杭州当地朋友,其中就有鲍贝。她在人群中话不多,对谁都淡淡的,没有过分热情,也不对谁特别殷勤,大家在自我介绍或互相介绍的时候,她始终与人保持着一种令人舒适的距离。她看上去娇小柔弱,面目清雅,在场的男人和女人有的对她早已熟知,有的通过介绍刚刚认识,交谈间时不时地恭维她一下,夸她拥有好身材、好气质,还拥有满腹才华和惊人的胆魄。她都礼貌性地笑着全盘接纳,却全然不往心里去。能感觉得出来,这是一个早已听饱了恭维话,不会再受外界干扰的极度自信的人。

到了我这年龄,自然也不会再受外界干扰,不会像年轻时那样,遇到一个年轻貌美的女子坐对面多少会心动一下。何况鲍贝已不再年轻,也谈不上多美。但她身上有一种奇异的光芒,由内而外散发出一种让人捉摸不透的东西,那东西说不清道不明,没来由地让人着迷,想去一探究竟。很少有女人能够把自己活成一团梦幻般的谜。我承认,我是被她身上某种气息和与众不同的特质给吸引了,并且我深信,被她吸引的远不止我一个。从大家看她的眼神和聊天自然都能够感受到。

而她视若无睹,或者,她是在假装视若无睹,我不得而知。

我没有主动和她搭讪,也没有像小报记者那样对她追问不休。倒是她主动问了我关于西藏的一些事情。她好像只对西藏感兴趣。但当大家在聊西藏旅行的时候,她一副拒绝交流的姿态,好像不太屑于去分享或者聆听别人的分享。大家都互相加微信，鲍贝估计是出于礼貌，也加了下微信。

只能说，微信是个非常强大的磁场。虽然我自己从不发朋友圈，但空闲的时候，我会偶尔刷一下朋友圈里的内容。鲍贝在朋友圈里发的图文，就像在向我展示另外一个令人向往的生活情态，那是一个精致、自由、纵情而随性的世界，它所提供的信息让我感知到鲍贝是一个完全懂得美学并且能驾驭美学的人。

后来，她到了拉萨。认识或不认识的朋友聚在一起为她接风，免不了总要喝点酒的。鲍贝毫不推却，这让我吓了一跳。一个在杭州穿着旗袍、娇小柔弱滴酒不沾的江南女子，却在拉萨豪爽地喝起酒来，这是多么惊人的变化。虽然她酒量不怎么样，但喝酒这件事发生在高原已经令人刮目相看。

通过后来的几次接触，才知道鲍贝让我刮目相看的地方太多。

我以为她只是来过拉萨，我还想着带她去多走几个地方，没想到她用了十多年的时间早已经把整个西藏差不多都走遍了。她到过的有些地方，甚至连我都没有到过，而且有些海拔特别高的雪山，就连我们藏族人去都会有高原反应，但鲍贝只身就去了，完全不担心路上会否遇到什么危险的事情。好像她早把危险二字从她的生命词典里给删除了。

有一次她开车去珠峰，又从珠峰开车到了阿里，到中印边境线上和士兵发生冲突。她明知边境线上的官兵都有枪，但她不怕，她说官兵对她反复检查时蛮横恶劣的态度让她愤怒。我在电话里劝她山高皇帝远，少惹事，但求平安即可。她说，不是我惹事，是他们在惹我。然后把我也训了一顿。

我发现她特别有意思，无论遇到什么人，她从来不问别人是干什么的，完全不在乎对方的身份、地位、从哪儿来。她甚至搞不懂地委书记和县委书记哪个大，搞不懂厅级和部级哪个大，她也不想去搞懂，别人跟她解释她也一只耳朵进、另一只耳朵出，不知道她是记不住呢，还是压根不想去记住。我发现在鲍贝的身上，还有着我们康巴女人的特性，率真、简单，不遇事儿啥都好说，遇到事儿，泼辣劲儿一上来脾气比谁都大。这种时候你要是跟她去讲什么道理、解释什么法律，她根本不会听，所以在背后我们都叫她康巴女人。

她很好强，不太愿意求人。有一次她去冈仁波齐神山，到一座寺庙采访修行的僧人。她认为在五千多米高的山上修行的人，都有着坚定的信念，她估计是被这份信念给感动了，于是要去采访。结果，车子被拦在山脚下，上不去。没办法了，给我打电话求助。当时，我刚从阿里巡视完回拉萨。问她为什么要去采访神山上的僧人，而不去采访一下拿命坚守在边境线的干部们，我认为那些干部才是真正的修行者，真正在为老百姓付出，牺牲了自己宝贵的青春，也牺牲了与家人在一起的天伦之乐。那些干部都是婚姻里的单身汉，由于工作环境恶劣，妻儿在内地，自己守在边境，一年甚至几年都回不去一趟。她在电话里沉默了好一会，然后说，她还是要上神山，因为她已经和山上的僧人说好，不可以失约。

在我的帮助下，她还是上山了。从冈仁波齐神山下来的第一天，她便从我那儿要去阿里地区所有县委书记的电话，她决定去采访他们。她说她要为阿里、为坚守在阿里边境的县委书记们写一本书。她果然是个说干就干、雷厉风行的女子。

采访边境县的干部说说简单，实施起来却不那么容易。阿里平均海拔4500米以上，她要只身在各个地区辗转往返，整理素材，相比那些体制内花钱圈养的作家，鲍贝的写作是自由的，更有一种替天行道的感觉。她写了二十多本书，其中为西藏就出版了十几本，但她从来就没有向任何部门申请过任何经费。她说写作是她一个人的事，不想受到任何牵制。

我问她为什么突然就改变主意，不写神山上的僧人，而去写阿里边境的干部了？她说通过我，已经慢慢知道，不是每个官员都只为名利而在混日子的,她要去通过这次采访,消除这个观念。后来,她在采访中发现太多感人的事迹,经常打电话告诉我她的感慨。

现在她的《圣地边将》出版了,她说,这是她第一次以这种形式去写。她送我新书那天,说这本书里满满的正能量和感动,也有我的功劳。

让我高兴的是,她终于不那么抗拒和官员交朋友了。按她的话说,至少她在西藏遇到的官员,一个个都一身正气,都在认真而尽责地干着一份事业,有的甚至拿命在坚持工作。

鲍贝率真,不媚俗,也不势利。当她把你当朋友的时候,她绝不会把你的官位和身份摆在首位,她会忽略不计。如果她不把你当朋友,那么你身后的名利和权位,她更是漠不关心。她好像只愿意跟朋友玩。因此,经常会出现一些尴尬的场面,当我们在向她介绍某个大人物的时候,她只会礼貌性地寒暄一下,瞬间就忘了对方是谁,甚至连姓什么都不记得。我到现在也搞不明白,她是真的健忘呢,还是我们在介绍的时候,她压根儿就没在听。后来她跟我解释,她不感兴趣的人,她根本就记不住的。

我们几个朋友在一起,都说鲍贝这样的人,一定会得罪很多人,但真正欣赏并懂她的朋友,却会把她当成至交,但好像也没几个人能够入她法眼。因此,她也是挺孤独的,经常一个人开着车到处走。而她也是特别能够享受这份孤独的人。估计一个人孤独到极致，她的灵感就降临了，灵感来的时候，作品也就出来了。

她经常问我，你们当官的退休后心里会不会有失衡、落空的感觉。我说，每个人的心态都不一样的，肯定会有一点失落感，这是人之常情，也是常态。于是，她便经常开导我，要我做些自己喜欢的事，不要把悲和喜寄托在他人身上。

鲍贝是个喜欢独来独往、自由自在的人，印象中，她来拉萨都是一个人，除了带她女儿之外，没带过任何人。但有一次，她突然带了个癌症晚期的病人到拉萨，这下可把我们这些朋友给吓着了。她说，那人旅居国外几十年，回国后最大的梦想就是到一到西藏这块圣地，她没有理由拒绝。于是，第一次，她动用了朋友的人脉关系和各方支援，帮她们安排这个、安排那个，一切都以安全为前提。而她自己则担负起亲自当司机、当导游、选定路线的所有职责，据说所需的花费和来回机票费都是她自己贴的。做这种赔钱又赔上时间和精力的事情除非有利可图，或者是自己至亲至爱的人，而鲍贝和她并无多大交集。理由只是为了帮她完成生前最后的愿望。后来她们好像也再无交集。

鲍贝也是个极其感性和任性的人，我发现她很轻易地就会去爱上一座山，爱上一个小动物，或者爱上一棵植物和花草，并且为之付出自己的热情。那次在拉萨，她爱上一棵幸福树,那棵幸福树马上就要面临被主人丢弃的局面。鲍贝毫不犹豫地认领下来。连盆带树直接为它买了张机票运回杭州。同样的植物从拉萨运到杭州的机票费和搬运费,在杭州能买到好多,但她认为这是不一样的。她把那棵幸福树养在她的书屋里,摆在茶桌旁,为了与这棵树作陪,还在杭州的花店买了二十多盆幸福树。幸福树怕冻,鲍贝不知道,一场大雪过后,摆在过道和露台的二十多盆幸福树一夜间全都冻死,唯独室内茶桌旁的那棵活得好好的。她不认为这是室内外温差的关系,认为这棵从拉萨运过去的幸福树有灵性,所以不会冻死,一直都活得好好的。听说春天的时候,还开出来两朵淡黄色的幸福花。

那天我跟她说,等我退休后,第一件事就要去她的最美书屋看看,也顺便看看那棵冻不死的有灵性的幸福树长多高了。

鲍贝说,这棵幸福树一直长得枝繁叶茂,生长得特别快,居然已经高过屋顶了,为了更好生长,它居然已学会了弯腰,弯下腰来的枝条上也长出好多叶子。她为这棵幸福树起了名字,叫"意外"。

鲍贝与她的最美书屋

○

许在强

认识作家鲍贝,是先认识她办的书屋。她办的书屋网上一片赞美,我又是个读书人,于是好了奇,脚就踱过去了。我本就住在西溪湿地,也方便。

第一次去鲍贝书屋,是午后。斜阳从明清时代最经典的雕梁画栋上空的飞檐切线到她的书屋里,几竿竹,一架书,几缕藏家香的氤氲,一条飘逸灵动的彩影,扑面扑眼,直是惊喜。古的、新的、藏的、无形的,气韵的一下子涌来,你不能不惊喜!

然后翻读了几本鲍贝写的游西藏的书,墙上挂着她拍的西藏的图,也是直冲人心的。

直冲人心,是不同:藏的、蓝的、彩的,纯粹的、空灵的,是我第一次踏入鲍贝书屋的观感，由此去推演鲍贝其人，也是觉得颇为玩味的。至少，她与她的书屋，给人的感觉是清新的，脱俗的。

在此之前，对书屋主人鲍贝，我是不熟悉的。那天在书屋的一隅，我正在挑选她的书，见她在，便与她聊起她的写作和旅行。吧台女孩给沏了杯粗茶给我，鲍贝见了，立马起身去换沏了一壶上等红茶来，只说招待不周，请见谅。

我的心就被收服了。所有外在的质地、美丽，永远不及人的情分。

我是俗人，被格外对待，焉有不欢的心理？

书屋以及书屋的主人，就这样在我的印象里扎了根。

二访鲍贝书屋是她在千年古城良渚地新开的书屋，我就觉得她像是在意大利的庞贝古城遗址上，复活了一个千年前的酒肆那样的新奇。也是特想去看上一眼的。

恰《鲍贝书屋》新歌发布，主人邀请，也是午后。一个特别的午后。一会晴空，一会箭雨，我们在笛鼓吉他交响的天籁中，环抱我们的是后山峻的岩，碧的波，自横的鹅，窗外的花丛、竹枝，一望无际的草坪，一两只小狗小猫，一脉南山黛青地沿西高向东低如少女峰时起时伏律动而下，室内墙上一幅刘禹锡的《陋室铭》书法，告诉我们有人则灵。和西溪湿地的那家鲍贝书屋一样，同样也少不了满架的书，同样一条飘逸彩灵的倩影迎上前来：欢迎许先生。

一切没有多余,全然恰好。

那天,我在现场拟写了我眼里所见的景,赠给鲍贝书屋的主人。我要写下,我也不是陋室铭里的白丁:

"鲍贝书屋,落于城郭三荒处,依山岩渚水田园剪出环幽曲径七八里、筑茅屋三五间;门前平视百里外青峦叠翠山岱连绵往东无限伸,俯眼可收原野草陌千顷、絮与花间竞艳争……"

三访鲍贝书屋,正是鲍贝书屋西溪店两周年庆。

这次,我有心想夸一夸书屋主人的。

我挪用苏轼的词料,又借了收藏家张伯驹的词料,我把这些上等的原料和用我自己的一点火候翻炒在一起,端上鲍贝书桌:

洪屋飞乳燕,婺源旧梦翻新,适如新浴晚凉。

铜盆手天音,伯牙一曲绝,沧浪一声翠,笛声断人肠;嫩粉一堆,佳士楼台。只存花好月圆人真,万事遑论,人间福,被鲍先生占尽。

万卷蟠胸,千金结客,女公子清名天下闻。

曲高唱藏雪,兰荃和竹清。西溪佳人,凤翔鸾迴,真人满一堂。

——可见我对鲍贝与鲍贝书屋的欢喜。

很想写写鲍贝本人,但书虫自古不惯赞,心意外放反而浅。

然而,过了一晚,还是禁不住要夸夸她在生活与艺术上的成就。鲍贝是学建筑的,为构广厦屋没有过,却用这建筑结构法去构文章,成了一级作家。著文章者众多,不是每个作家都可著名,更不是每个作家都可被评为全国一级。从建筑系出世,格物事不如格字知,外人只作此猜想。实则此"蔷薇"非彼"蔷薇"。一些举止,天马行空到即便"猛虎",也不能至的。

她单枪匹马去西藏,踏遍西藏的每一脚都可以碾成文字,把苍凉写出热,把高原佛土捧回种在湿地。她虽改建筑为文学事了,但建筑事的心思却是不死的,她把明清时洪家造在婺源的祖屋移造西溪,只为圆满一个建筑艺术上的梦。在有着五千年历史的古城良渚遗址,就想实现一个"庞贝城"的复新梦。然后将建筑艺术和文学艺术合而为一,合成了神来之笔的"鲍贝书屋"。

她是个爱"云对雨,雪对风,生命对长空"的纯粹情境的人,所以,西藏在她心中是洽好的,她终半生在彼摩呵!一半看山,一半折佛。她所事即花事,美丽得很。如同她一手打理的书屋,花朵与书同样多。

鲍贝是始终笑着的,像空灵的藏家人一样,极简单的尚还稚子似的性子,逢不快事还是会恶心,仇繁苦缠。有静心也爱热闹，总拿他人长来做自家的不及，找到融合的机会；比如音乐，也是她的心头爱，于是，书屋也是音乐的维也纳厅。

"檐前飞四百，楼上补万草。"鲍贝书屋和书屋主人，都是飞扬的、灵动的。即便选个书屋地址，也有"先据要路津"的谋略。因为，再也找不到比此二地更绝更美的地方了。

于是，鲍贝书屋，可名世——它被评为全国最美书屋之首，亦是世界最美书屋之一。

"明镜不疲于屡照"，多夸不败，这是鲍贝先生的家底。我给书屋主人"最深情语最温文"，来自她的好，来自她对往来人亲和，但灵魂未及。

我要常往。

行万里路　读万卷书

郭建强对话鲍贝

○

郭建强　鲍贝

郭建强：鲍贝同学，我知道你的梦想或者目标,是行万里路、读万卷书,这次你在我们大青海已经逗留一个多月了。之前你说青海湖边的花还未开,你要等到花开欣赏完再走,现在花都开谢了,你好像一点也没有要回去的意思。今天,我是替藏地的同胞来问一问,你为什么总喜欢往我们藏地跑,是什么吸引了你?

鲍　贝：不好意思,这次时间确实留得有点长,只怪你们青海太美,让我着了魔一样往这边跑。既然是着了魔,可能就很难说得清楚这个魔是什么时候进入了我的内心,并促使我一遍遍地出门远行。

郭建强：你第一次行走藏地是哪一年？为什么会一发不可收拾，坚持行走十多年之久？

鲍　贝：我想想，我第一次走西藏，真的只是"轻轻一想"的事。我平时很少看电视，那天却打开电视，看到介绍西藏阿里的一个片断，屏幕上出现一朵洁白的云，背景是蓝得令人恐怖的蓝天，我一下子就被这个画面给吸引了。画面被切换，而我的心却已去向模糊。我对自己说，我要去西藏，我要去阿里，去看一看那里的蓝天和白云。

郭建强：然后，你就出发了？

鲍　贝：是的。无知者无畏，一个星期之后我便到了拉萨，走进阿里。当时我甚至并不知道还有高原反应这回事。再次去的时候，从青藏线坐火车进去，又租了辆越野车从青藏线走出来，才知道很多高山如唐古拉山、昆仑山、祁连山等都在青藏。还有生活在藏区的那些虔诚的佛教徒们，他们的行为和生活方式令我震撼。我是通过他们才看到了神的存在，看到了信仰的存在。

郭建强：你在不断的行走中是否寻找到了某种意义？

鲍　贝：勒·克莱齐奥说过一句话：离去和流浪都是归家的一种方式。很奇怪，这片土地和它的人文气息，令我有一种乡愁的感觉。我看见一些词在行走中被激活，艰难、孤独、质疑、享乐、受苦、安慰、弥补、抵达等，它们在我抵达西藏之前，在我生命中相当一部分时间里都是沉睡着的。

郭建强：从江南出发，你走到中国的西北角，走到东北漠河极地；走出国门，走到尼泊尔，走到越南、柬埔寨，走到非洲……十多年前，"行走文学"盛行一时，这些作家大都关心所到之地的历史地理、风土文化；而你更像个"驴友"，似乎全然不顾、毫无准备地投身于陌生的风景、文化和人群中去，有一股子自我放逐、甚至自我惩戒，最终自我愉悦的劲道。你怎么看自己的行走，这种行走和你的创作有什么关联？

鲍　贝：这跟我的性格有关。性格决定命运，性格也决定着我的行走。我基本上是一个游手好闲的人，我不是一个专业作家，也不是一个摄影记者，更不是一个地理学的研究者。我的行走，只是完成我内心的一个流浪梦。虽然我不是为写作去行走，但行走必然会影响我的写作。可以这么说，每一次的远行，对我来说都是一次对庸常生活的超越和挑战。我总要去抗拒一些未知因素的干扰，去面对一些旅途中随时会发生的突发事件，这需要我保持自己独立的思想和意志。所谓"狮子总是独来独往，只有狐狸才会成群结队"。当然，我并不是狮子，我倒喜欢自己是只狐狸，开个玩笑。这句话同样可以用在写作上。写作历来就是一个人的事，是需要关起门来，具备精神的独立思考和坚强的意志才可以完成的事。行走让我的人生态度和人生志趣也在不断地发生变化，而这些变化和体悟，我相信或多或少会在我的作品中体现出来。

虽然迄今为止，我的人生经验和我所经历的丰富性都还没通过我的作品表达出来，对于这些，我并没有视而不见。我已意识到我对写作充满匮乏和无力感。去年在鲁院，一位老师在课堂上讲，一个人还没活到四十岁，就别急着去写。这句话让我颇感安慰。我劝自己慢下来。现代生活的节奏已太快，慢已经在我生活的城市里悄悄失传。我想，我的写作不应该使我的生活加快，而是应该让我学会慢下来。

郭建强：在读《悦读江南女》和《轻轻一想就碰到了天堂》，发现这两本书构成了一种奇妙的对应和补充的关系。和《轻轻一想就碰到了天堂》感受、感悟式的文字不同，《悦读江南女》必须植根江南文化的积淀层而进行解读和解说；你在《轻轻一想就碰到了天堂》里写道，"自己是个失根的人"，但在《悦读江南女》中却有对江南女子精微的摹写，你怎么理解你的文化根脉？

鲍　　贝：一方水土养一方人，我是在江南的和风细雨里长大的，所以解读江南女子对我来说并不是一件很难的事。在书写《悦读江南女》里，我写的虽然都是别人的事，但我总是自然而然地让自己介入其中。而《轻轻一想就碰到了天堂》这本书里，我写的都是我自己的经历，是我一个人完成的事，虽然都有一种在场感，然而，这种"在场感"，并不是根植于我内心的，它是游离的，我只是路过。人在旅途中，是很容易感伤的。

郭建强：你的长篇小说《伤口》讲述了一个女人的生命史、情爱史、流浪史，行文颇有杜拉斯的色调，片断式的叙述暗合女主人公碎片般的命运。小说起始部分声音相当饱满有力，但是越到后来，越有一种寂灭感。《伤口》虽然强烈地表达了女性在人世间备受磋磨的疼痛感觉，但是，作品里的那几个女性的生命感觉和精神期待也同样鲜明；而与之对应的是，小说中的男性要么死去，要么失踪，要么是被彻底物质化的侏儒。这种反差，这种对女性内心和身体的伤口的展示，是你对男性和男性社会的理解与表达吗？

鲍　贝：我是个女性。我生活在这个男权社会里。我想说，世界是男人的，世界也是女人的。在这个世界上，伤口无处不在。伤口属于女人，同样也属于男人。所有的人，都必须经历这样那样的伤口。在这部长篇里，我展示了女性的伤口，说不定在下一部作品中，我会展示男性的伤口。小说里对女性内心和身体的伤口的展示，不仅是我对男性的理解，更是对这个社会的理解与表达。

郭建强：如果说，《伤口》着力于给处在解决生存和生活问题的人群画像；那么，《撕夜》《我爱张曼玉》《松开》《空瓶子》等一系列精致的中短篇小说，则致力于描摹当下中国富裕起来的人群的情感、心灵和精神状态。你为什么要把笔触指向这个群体，这个群体是你今后叙事的主体吗？

鲍　贝：是的。特别是在最近，我忽然对这个群体产生了浓厚的兴趣。这跟我生活在杭州这个繁华的城市里有关。我身边有很多人，他们的物质生活已相当富裕，但在精神层面上却无一不深陷寂寞与虚无之中。那几个中短篇，其实是对这群人生活情状的一种还原。在我的小区里，越来越多的人开始养狗，尤其是那些富太太们，她们身着名贵的服饰，手里戴满戒指，牵着她们名贵的小狗在草坪上散步，一仰脸，全是寂寞……每每与她们擦身而过时，心里会有些说不清的荒凉。

郭建强：我想，这应该跟你所处的阶层和环境也有关系吧，农民工所处的环境就不会有你说的那类人存在。所以，作家首先关注的永远都是她身边最近的人和事。你最近写的那些小说，也就不足为奇了。

鲍　贝：我曾在一家咖啡馆里听一个朋友说，他要在杭州开一家高级会所，会员就锁定那群富裕之后无处可去的人群，尤其是富太太们。她们不必工作，衣食无忧，一年花在买衣服和化妆品的费用上便是几十万，甚至更多。但这些国际品牌的服装她们却没有场合去穿，化了妆也没人看。他想让她们能够穿上这些昂贵的服饰，从豪宅里走出去，提供给她们一个展示自我的机会与交际的场所……显然，我的那位朋友在这群人当中看到了商机，而我看到的则是繁华背后的虚空和精神世界的匮乏。我们都知道，改革开放三十年，中国已经发生了翻天覆地的变化，这种巨变要是放置于欧美国家，可能需要经历几百年甚至更长时间，而在我们中国却只用了三十年。三十年可以让一个穷光蛋变成富豪，但这三十年里，他们的心也在这个发生巨变的时代中变得支离破碎，迷茫又错乱。如何让这代人去修心与安心是这个时代出现的巨大的问题。如果说，"无处安身"是人的生存问题，而"无处安心"却是精神问题。我更关注后者，后者更能激发我的写作激情。

郭建强：我忽然想起你的几个小说，你在《空瓶子》中，写"陈先生"把剩酒瓶子无奈地、自嘲而又霸道地放置到酒柜的正中；在《我爱张曼玉》中，写"张曼玉"陷于情欲的旋涡——其实是陷于内心的虚弱和虚无感而无力自拔，最终酿成了一起血案；而在《松开》中，"我"看似有种解脱般的释放，但这种情形和状态，也可理解为人与人之间不足以相互依偎、相互扶助。在你的笔下，是不是富裕人群距离失落、虚无，甚至绝望的精神状态更近一些？

鲍　贝：在我的理解，是这样的。一个人如果连温饱问题都还没解决，他是不太会有时间去失落，去虚无的。而忧伤从来都是有钱有闲人的专属品。但是，当一个人该有的都有了，不需要再去追求什么，也不用再去努力的时候，很容易就会产生出一种走到头了的虚无感。这种感觉让人绝望。人一旦拥有了绝望感，其状态是可以用惨烈来形容的。而孤独又是人的常态，我认为人与人之间的所谓

　　　　的依偎和相互扶助，也是不足以信赖的。哪怕父
　　　　子与母女，也不过是相对来说而已。人与人之间
　　　　的沟通真的很难。

郭建强：在传媒高度发达的今天，即使文学这块小蛋糕也
　　　　被传媒载体和受众切分得七零八落，然后各取所
　　　　需，各得其乐。你已出版了好多书，怎么看文学
　　　　在今天的社会生活中的位置？怎么看文学在你的
　　　　生活中的位置？

鲍　贝：既然说文学像一块蛋糕，这块蛋糕的迷人之处是
　　　　在于它有一种毒，这种毒素只对少部分人起作用。
　　　　我认为，所有的艺术都不过是少部分人的事。在
　　　　这个被称之为物质至上的社会里，文学已被不断
　　　　边缘化。"边缘"这个词，它所身处的境地似乎
　　　　有些尴尬，但也因此更令人着迷、令人心向往之。
　　　　我有一个朋友，二十年前他的诗与其他作品就都
　　　　已声名在外，可后来他因忙于工作和杂务再不曾
　　　　举笔。我们都以为他早就安于现状，既然已不写
　　　　很多年，放下也就放下了。在偶尔的一次饭局上，
　　　　他忽然跟我聊起他的写作，他说这是他这一生最
　　　　大的痛，因为他放下了他的笔，现在再也回不去
　　　　了……他的这句话，不仅让我对他肃然起敬，也
　　　　让我对文学肃然起敬，也只有文学才能够让我们

　　　　　这些人像患上了一场久治不愈的病。

郭建强：你也已经病了？

鲍　贝：而且病得不轻。我以前是搞建筑行业的，辞职不干的时候，只不过想写点东西，以此来为自己的游手好闲找个恰当的理由。没想到就这样迷上了，还迷得不可收拾，不可收拾那就不收拾了，我已决定用我的余生来迷这件事。

郭建强：阅读与写作犹如双生子，互为依持。请谈谈你的阅读和心目中的文学英雄，以及未来的写作。

鲍　贝：我的阅读量还太少，虽然书房里不缺好书，但真正读完的并不多，以前都是乱读书，现在会去读一些对自己有用的书，和朋友强力推荐我去读的书。

　　　　在我的心目中，只要能够写出好作品来的，我都把他们视为英雄，是我要去学习的榜样。例如托尔斯泰、卡夫卡、博尔赫斯、福克纳、马尔克斯、加缪、奈保尔、多丽丝·莱辛、卡尔维诺、帕慕克、萨特、杜拉斯、鲁迅、余华、莫言等。读他们的作品，我常常有种感觉，就像一个穷人在一座迷宫般的大花园里徜徉，明知自己水平有限，一生都不可能搭建起如此巨大而美丽的花园，但不妨碍我驻足凝望，满足一下幻想。临渊羡鱼完了，再回过头来退而结自己的网。

郭建强：你连工作都辞了，自由行走、自由写作，这么发展下去，是否想把自己逼成个大师？

鲍　贝：这年头，谁愿意放着好好的日子不过，要去把自己逼成个大师啊？目前的我，没有工作倒是真的，可以把大量的时间花在路上，到处游走，到处享乐，在很多人眼里，我生活得很模糊，很物质，其实我一直来都很清楚我在干什么。

郭建强：好吧，不想做大师，那你希望自己做个什么样的人呢？

鲍　贝：做一个让自己喜欢的人。接下来的我，想走过千山万水，写下我所经历过的万水千山，仅此而已。

转山九问

郭建强对话鲍贝

○

郭建强　鲍　贝

郭建强：我认真读完了你在《转山》中所收的三部中篇小说，吃了一惊。其中《此刻有谁在世上某处走》尤其自然、饱满，有一些"妙手偶得之"的意思。但是，熟悉你的读者都知道，这部中篇小说和你的长篇小说《观我生》是一种"血缘"关系。你能谈谈这部小说是如何诞生的吗？

鲍　贝：确实，没有长篇小说《观我生》，就不会有《此刻有谁在世上某处走》这个中篇。它们应该是母体和孩子的关系。但这个中篇又是完全独立和自由的，它并不依附于《观我生》。它们之间的精神气质、肉体和结构也都完全不同。

我觉得每一个小说都有它暗自生长的方式和秘密，每一个小说家与她的作品之间也一定存在着某种特殊的沟通方式和秘密感应。这里面还有缘分，为什么会选择去写这个小说，而不是别的小说。

秘密和缘分，都是些说不太清楚的东西，它们是虚的，但它们存在着。现在要我去讲这个小说是如何诞生的，就等于在讲我与这个小说之间的缘分和秘密交流。可以这么说，它的诞生出自于我瞬间的一个感觉，是我在无意中捕捉到的一个意象，然后，我觉得写出来应该挺好玩的，有点意思，就开始写了。因为这个小说的前世是《观我生》，所以我得先讲讲《观我生》的缘起。

2012年，我在去往不丹的旅行途中遇到一位藏族小伙，他跟我说起他的一位喇嘛朋友为了爱情而还俗，而后又被爱情抛弃的故事。

旅行回来之后，我就开始写这个小说。2013年11月，由北岳文艺出版社出版了简装本《观我生》。2015年以精装本再次出版。后来作家出版社要去了《观我生》和《此刻有谁在世上某处走》的稿子，又命我新写了一个短篇《无缘无故在世上走》，打算把长篇、中篇和短篇合在一起出一本书，书名叫《还俗》，在2018年7月出版。

还俗之后的喇嘛已经娶妻生子,日子过得还不错。但我没有见过他。我觉得没必要。可是,在2016年秋天的某个深夜,他突然加了我微信,自称是《观我生》的主人公,希望我能寄本书给他。主人公早被我写死了。他的深夜造访,对我来说犹如半夜惊魂。我当时有点害怕,就像在面对一个死而复生的亡灵。

想起来,那晚我们的对话其实非常简单,之后也没再联系过,也从没见过面。书寄出之后,我这么想着,要是他读完小说之后,知道自己死在了小说里,万一要我把他给写活回来,我该怎么办?

于是,便有了《此刻》这个中篇。

郭建强:在当下的中国小说中,《此刻有谁在世上某处走》显得气质殊异。我是说,这和那些写世事、人情的流行腔拉开了距离。这部探讨生死的作品,行文自然,艺术张力十足。这样的书写暗合庄生梦蝶、佛教观念,以及波兰导演基耶斯洛夫斯基的《两生花》。你为什么会长久地痴迷于从死亡的方向叙事?

鲍　贝:其实,我并不是刻意地要从死亡的方向去叙事,而是虚无,有一种永恒的孤独和迷失始终笼罩着我。

死亡从佛教上来说，并非终结，它是轮回，是另一个开始。但在我看来，它就是无，是生命和所有一切的到此为止。

《两生花》的导演基耶斯洛夫斯基，在我的印象中也是个虚无主义者，他所理解的灵魂，终将会从现实生活中脱离。我们都是内心极其敏感的人，往往会在灵魂所留下的残片和废墟中获得另一种神秘的记忆和理解。

这部电影并不以它的故事吸引人，而是以它神秘、唯美、柔软、虚无的底色和气质去打动人们。我甚至还能记起来影片中的色调、音乐、光线、水汽，甚至尘埃……这些都是一种氛围，它们能够紧紧地抓住你的心，让你的每一根神经末梢都能受到感染，这就是艺术电影不同于大众电影的格调和气质。

电影如此，小说也一样。我觉得写什么故事并不重要，如何去叙事，把故事讲得精彩、有趣才是最重要的。可能我们中国的小说起源于古代的说书传统，必须要有一个好的故事才能够吸引读者。因此，一直来都非常强调故事性。而西方的小说，大概起源于个人的阅读，就不那么强调故事性。比如安东尼·巴甫洛维奇·契诃夫后期的一些小说，根本就没有故事，但它们依然能让人读得津津有味，欲罢不能，能把读者感动得一塌糊涂。我想说的是，要写好一个故事挺难的，要写好一个没有故事的小说更难，它更需要独特的思考和情怀，更需要高超的技艺与智慧。

郭建强：《此刻有谁在世上某处走》构思既出人所料，也合乎情理，让我想起法国作家纪德的《伪币制造者》。让自己过去创作的长篇小说中死去的人物，在这部中篇小说中以来访者的身份，成为观察、理解，试图接近"我"的另一种视角，你为什么要采取这种具有多种意味的"互看"的策略？

鲍　贝：这显然不是我故意为之。我的每一部小说好像都没有预先去设定过任何策略，在写作之前我甚至连个纲要都没有。

我很羡慕那些作家可以把大纲框架全都先搭好，然后再往框框里塞进需要的内容。据说，这样写起来会很轻松。但我不会弄那些。我是个学建筑的。从建筑学来说，我知道应该如何运用好的材料去打好基础和结构，才会让建筑物更牢固耐用，然后再去一点一点地完成外立面和内部的装饰，尽量让它变得结实又漂亮。我想在这个过程当中，除了选用好的材料之外，更多的是靠一个建筑师的灵感和气质，有时候也会有神来之笔，让作品锦上添花。我想写小说也应该是这样的，选好素材，然后凭着自己的感觉和经验往下写。

纪德的《伪币制造者》是个长篇的体量，他的写法很别致、内容又非常复杂庞大，小说通篇都没有一个中心人物，很多线索都在同时进行，又往返穿插、夹叙夹议……如果，这是一个新手所写，必然会被认为是没有章法、乱写一气。当然，纪德不会乱写，他一定有他的策略和思考。

纪德所经历的时代是19世纪末和20世纪初，正是法国文学在经过现实主义、浪漫主义、自然主义等思潮的盛行之后，向现代主义文学转型的时期。可能纪德写这个长篇，是想重新给当时的小说定义，打破19世纪小说的模式。他的这种多重线索的叙述方式，以一个中篇的体量显然无法做到。我也不会这么去写，这是自找麻烦。

郭建强：一方面世俗是你的小说中爱情或者主人公实现完满精神成长的障碍；另一方面，你也冷眼旁观精神在现实状况中的某些无力感。这样，泽郎无论在长篇《观我生》里，还是在中篇《此刻》当中，他其实成为两度不适于凡尘生活的还俗人，他以死亡（在两部小说中）的重复，恰恰提醒我们体察和体验生存的意义。人在精神和现实两极中的强烈震荡是你的小说所关心的焦点。这是为什么？

鲍　贝：可能还是因为虚无。一方面，我是个虚无主义者和无神论者；另一方面，我又对生活充满热爱，我希望我的每一个日子都过得意义非凡。我喜欢凡事都有仪式感，喜欢活在语言中。但我也知道，语言和仪式恰恰又是最不可靠的东西。我是个矛盾体。因此，我小说中的人物也一个个充满矛盾，不可理喻，却又合乎情理。他们在生活和情绪当中经常左冲右突，却没有人能够从生活这张网里突围而出。

郭建强：你的这三部作品都有一种写透生命空虚状态的企图。《转山》以女主人公莫依楠身染毒瘾和性瘾，来喻示生命和生活堕落之极苦，自然引出了救赎、清洁等不乏宗教意味的探寻、描述和渴求。令人印象深刻的是，你的小说里没有理所应当、廉价的救赎和完满；更多的是一种不断引申新的、不断触及更深层次的心理病症，这是为什么？

鲍　贝：可能还是受中国古代文学的影响，包括戏剧和古老的琴曲等，传达的全都是悲情和悲感。因为悲，所以伤怀，所以感动，所以值得去写下来。

至于救赎和清洁，那是西方社会才有的意识。但，生而为人，无论你是谁，总是会有迷失、沉沦的时候，会产生我们活着究竟何为、有何意义的质疑。也会产生一些罪感。这种时候，自然而然就会想到宗教，想凭借宗教信仰的力量去实现救赎或自我救赎。这是宗教存在的意义。然而，宗教真能拯救得了一个迷途中的人吗？通过救赎一切真的能够变得完美吗？在我的小说里，答案是否定的。绝望和悲感，一直来都是我小说的底色。

郭建强：在《转山》这个中篇里，转冈仁波齐神山那段，是否就是你自己的亲身经历？

鲍　贝：是的。2014年是释迦牟尼佛的本命年，相传转一圈相当于转13圈。我就在那年秋天去冈仁波齐转了一圈。

郭建强：这么多年来，你不时来一场想走就走的旅行，旅行和写作构成了什么关系？你能辨察这种突然旅行的内心冲动究竟是什么吗？你在走来走去中真正看到了什么，得到了什么，失去了什么？

鲍　贝：每年至少一到两次去陌生的远方旅行，是我多年来不变的规划。

这些年，在世界各地飞来飞去、独自漫游的过程，让我慢慢变得淡泊从容、宠辱不惊。旅行赋予了我无限的广阔性和丰富性,同时也让我认识到生而为人的渺小和来自人性的脆弱;认识到许多事物并不能以我们的主观经验去理解和意表,大多数事情是不可名状的,它们在语言未曾进入的空间里早已完成。比起在行走中所遇到的事物,更不可状描的是艺术作品和它神秘的存在。

多去外面的世界走走,会有一种向上的力量激励你更好地去感受生活、享受生活,并去多角度地理解生活。这也是认识世界的最好方式。当然,最远、最艰难的旅行,还是从自己的身体回到自己的内心,这是另一种探索和感知。旅行最终的目的还是帮助自己走向自己,回到内心。

至于旅行和写作构成的关系,古人早就已经替我作答:"行万里路读万卷书;读书破万卷,下笔如有神。" 陆游也曾作诗:"游山如读书,深浅皆可乐。"

郭建强:在你的旅行中,拉萨、藏地、藏文化,似乎构成了可以和你的居住地杭州并峙的一极。在这些年的行走和书写中,西藏对于你到底意味着什么?

鲍　贝:走过很多地方,西藏是我唯一去了还想去的地方。这是一个被信仰之光照亮的圣地。会让你恍惚觉得,只要置身在此,你就可以抛却一切名利与物质,过一种纯粹的、自由的、形而上的精神生活。又加上它的海拔,构成了它不可征服的独特性。我再也找不出一个地方可以和西藏相提并论。

就地理环境来讲,西藏硬朗的雪山、神秘的喇嘛庙、稀薄的氧气与杭州的风和日丽、花团锦簇以及小家碧玉式的温婉景致正好构成截然不同的两极。一方水土养一方人。我在两地飞来飞去十多年,就像在两极反复穿越。每次到了西藏,我就有一种腾空而起,在高处俯视人间的感觉。感觉自己正从一个纷纷扰扰、流言蜚语、热闹喧嚣的现实生活中脱身而出。当然,这不仅是西藏的高海拔让我产生这种感觉,更是一种精神和信仰。

通过在西藏的漫游,我看见"白茫茫一片,大地真干净";看见"灵魂的轻和世俗的重";看见"古今多少事,尽付笑谈中";看见"大浪淘尽,爱恨情仇转头成空……"

我是个虚无主义者,有时候我会生出一些厌世的负面情绪,偶尔,我也会处于死机状态,无情无绪、干啥都没劲,不知道生而何为,而旅行可以把我激活,尤其是在西藏的行走,它赐予我很多正能量和生活的勇气,也让我懂得了只有先让脚步慢下来,方可变得优雅从容。有人说我"外表柔弱,内心强大",除了天性之外,我想这也是通过长期的旅行获得的能量。

郭建强:在你的作品中,隐含着一个潜主题,那可能是对于一种极致之爱的追寻和渴慕。在《带我去天堂》和《转山》中,这一点表露得特别明显。在小说中,你常常用情爱和朝圣来作为"爱"和"敬"的描写对象;但是,实际上你的怀疑倾向不时有所流露。能否说说你所认为的小说、文学以及作家的使命?

鲍　贝:极致的爱大概每个人都在追寻和渴慕着。但,我也深知爱可遇不可求,俗世情爱很难达到极致和完美,它几乎是不可能实现的愿望。

对一个小说家来说,在现实生活中不可实现的愿望,可以在虚构的世界里得以完成。我们都知道,小说是虚构的,小说必须是虚构的,在这个意义上,小说家通过想象、虚构和杜撰的一切事物便都获得合法性。一些不可言说的事物和秘密,通过纪实文学和散文的形式恐怕不好表达,但是通过小说可以。因为小说的虚构性,往往能够让小说家们表达出最真、最隐秘的情感。也即是说,当人们相信事实中隐藏着假时,也就相信虚构中可能隐藏着真。但,哪一部分是真,哪一部分是假,全凭读者自己意会。在每一部虚构的小说世界里，都暗藏着无限的实，亦暗藏着无限的虚。这一点，曹雪芹在写《红楼梦》时就已经把话说透了："假作真时真亦假，无为有处有还无。"

文学不是技巧，而是一种精神。只有独特的精神和智慧、洞见才能够成就文学。小说还应该为读者传递新的信息和意义。写作者的气息会在字里行间弥漫。而写作者的品质和气息，也决定了一部作品的品质和气息。浸润在小说中的这些品质，不会因为时间而老化，这是一种境界，也是一个写作者的使命。

另一种旅行

向尚对话鲍贝

○

向　尚　鲍　贝

去年秋天,一个被雾霾深锁的早晨,在床上猫着审读《文星雕龙》的书稿,这是一本汇聚了19位浙江"青年文学之星"获奖作家作品和经典评述文章的集子,读到好文字的感觉,如沐春风。而这怡人的"春风"里更飘散出一缕充满奇幻与诱惑色彩的"香",萦绕在心头挥之不去,这便是鲍贝的《此刻有谁在世上某处走》。和着阅读的节奏,心底不时发出疑问:"这是小说吗?"是,不是,是,不是……

希腊神话中,塞壬(《还俗》中也有一个"塞壬")魅惑的歌声使得过往水手倾听失神,继而航船触礁沉没;现实生活中,鲍贝极富魔力的文字让我深受蛊惑、莫名兴奋,一气呵成、勾勾画画的阅读不过瘾,便发微信给亲密的作者朋友分享阅读的喜悦；还不过瘾，怎么办？作为一个编辑，我知道唯一且彻底"过瘾"的方式是联系并认识这位鲍贝，并"诱使"其成为自己的作者！

于是，辗转找到鲍贝的联系方式。我不是一个很擅于交际的人，与不熟悉的人打电话会莫名局促紧张（尽管我的内心感受外人往往看不出来），却顺顺利利地拨通了她的电话，自自然然地与她交流我的阅读感受和"野心"，然后水到渠成地促成了这本《还俗》。

我不无偏颇地以为：对现实生活的"不满"孕育了文学的种子，若对"孤独"没有深切的认同，作者便难以酿造出情深意切的文字。然而，我所见所感的鲍贝的生活似乎只关乎琴棋书画诗酒茶，那么精致、从容、自得、优雅，没有给"不满"留下丝毫空间；我也疑惑，被阅读、行走、写作、亲情、友善"缠身"的她是否也曾被"孤独"造访过。

鲍贝说自己是一个无神论者，却对所有宗教信仰心存敬畏。她自称与波兰导演基耶洛夫斯基"为伍"，是一个虚无主义者；却对生活充满热爱与仪式感，希望每一个日子都过得意义非凡。她热爱写作，喜欢活在语言中；却明确地知道语言极富变幻和陷阱，是靠不住的东西……"我是个矛盾体。因此，我小说中的人物也一个个充满矛盾，不可理喻，却又合乎情理。他们在生活和情绪当中经常左冲右突，却没有人能够从生活这张网里突围而出。"鲍贝如是说。

细细想来，生活中哪有那么多黑白分明、非此即彼？《还俗》讲述我们的迷茫、信仰、虚无、彷徨，而佛与俗、幻与真、虚与实，看似两极，实为交融。小说内外的一切人事都与生俱来，自带"局限"。耳听可能为虚，眼见未必是实，文字也带有魔力和"欺骗性"。所谓的"真实"是有限的，最可信的恐怕来自内心深处的感受，而最敏锐、富有灵性且不被"沾染"的心灵感受应来自"童年"。

鲍贝说去西藏和写作都是别样的"旅行"，一次又一次地域和文字的旅行，让她获得了精神上的皈依和重生。我想，西藏之所以被称为一种"梦"或者"瘾"，或许是因为那里的人情风物里正隐约藏匿着人类情感的"童年"。

写在访谈前

在爱情王国里，"一见钟情"堪称人人艳羡的绝妙的境界；购物体验中，切不可小觑"先入为主"的神奇魔力。一次偶然的机会，遇到了鲍贝的中篇小说《此刻有谁在世上某处走》。对我而言就是"一见钟情"，就是"先入为主"。于是，作为读者，有了"迷"，有了"慕"；继而，身为编辑,有了"求",有了"得",有了这本《还俗》。

所以,在接下来的文字里,请允许我也如小说内外的Frank、泽郎一样,更迭转换一下"角色":首先怀着读者一颗阅读的、好奇的心与鲍贝"有问有答",然后作为一个编辑拉拉杂杂地说说我所了解和认识的《还俗》与鲍贝。

《还俗》:穿越故事的迷宫与生活的真相

向尚:对作者而言,或许每一部作品都是自己精心孕育的孩子,那么《还俗》是怎样一个"孩子",它如何与众不同?对您有何特殊的意义?

鲍贝:就小说本身而言,它并没有跟其他小说有什么区别,只是这次从整本书的结构上作了一次新的尝试,分别由长篇、中篇、短篇三个小说组成。我想这可能是前所未有的,至少我自己到今天为止,以这种形式出版还是第一次,感觉很新鲜。

向尚:把《还俗》整个读下来,有一种虚虚实实、真幻难辨的感觉,甚至隐约觉得被您富有魔力的文字善意地"捉弄"了,继而会伴以莞尔一笑。怎么想起这样结构本书的?通过这三部小说,您试图表达或者说思考些什么?

鲍贝:首先,我想说的是,将这三部小说合在一起出这本书,并非我的预谋,而是机缘巧合。有些小说它会自己找上门来,你只要用心去接住它就行。

《还俗》里面的第一部小说是长篇《观我生》,那是2011年春天,我在不丹的旅途中听一个藏族小伙跟我讲了一个喇嘛为了爱情还俗的故事,回来后我挺感慨的,于是以那个喇嘛为原型虚构了一个小说。2013年由北岳文艺出版社出版,后来又出了精装版,精装版出版后,又过了两年后的某个深夜,那个喇嘛突然加了我微信。一个被我在小说中写死的喇嘛,在多年之后又重新出现在我的微信里并和我对话。那晚的我确实有些恍惚,仿佛像在跟一个死而复生的灵魂秘密交流。事后想想挺有意思的,于是又写了个中篇《此刻有谁在世上某处走》。当然又是虚构的。在这个小说里我再一次把喇嘛写死了。我本想到此为止。不再继续往下写了。可是,机缘巧合,因为让你遇见了这个中篇,然后,就有了这本书……

向尚:读《还俗》,不由得联想到《红楼梦》里的"假作真时真亦假,无为有处有还无"。您是否经常在小说世界和现实生活中因真假难辨而有虚无、怅然甚至落寞等不那么灿烂的情绪或体验？如果有，您是怎样与其应对，从而有动力继续面对生活的？

鲍贝：生活总是不尽人意的，它从来就不会十全十美。我也总会被一种生命的无常和虚空、悲凉的情绪紧紧攫住而不知何去何从。"当你改变不了这个世界的时候，你就得去改变自己的内心。"这句话在任何时候对我都有效。当坏情绪汹涌而至，我一般会选择出门旅行，或者，关起门来阅读和写作。从某种意义上来说，旅行、阅读和写作是我对生活的一种对抗，也是和生活握手言和的另一种方式。

向尚：《还俗》是一本结构上很"清简"的书，除去封底的推荐语不说，书里面没有常规的前言、序言，也没有后记。是想刻意追求一种"纯粹"吗？还是"吝啬"向富有好奇心的读者分享文本之外与这本小说及创作相关的您"真实"的生活？您是怎样考虑的？

鲍贝：只要读完《还俗》这本书，读者就会发现，第一部《观我生》就是后两部的缘起或者序言，而最后的短篇《无缘无故在世上走》，则是前两部的后记。在写作过程中，倒也没想那么多。个人认为大部分书的序言和后记都是没有必要的。读者比我们聪明，没必要去作过度解释和推荐。

向尚：可否透露一下《还俗》中 Frank 的原型的信息？现在这本书出来了，您还会友情赠送他与其分享吗？

鲍贝：他现在在红原，开了个小酒吧，娶了个藏族女子为妻，有两个孩子……这些信息我在第二部《此刻有谁在世上某处走》里都有交代，虽然出现在小说里，却都是真实的。但我和他从未见过面，所知道的信息也就这些。他有我微信，如果他需要，我当然十分乐意将这本新书寄给他。

写作：另一种"旅行"，促成精神的重生和皈依

向尚：如果把当下的"地域性写作"和女作家做一个"连线题"，我首先会给出三组答案：比如，说到新疆阿尔泰，第一反应是李娟；说到梁庄，第一反应是梁鸿；而说到西藏，第一反应一定是鲍贝。请简单"自曝"一下自己写了多少和西藏相关的作品吧。

鲍贝：确实，这些年我一不小心写了好多关于西藏的作品，有《轻轻一想就碰到了天堂》《去西藏，声声慢》《观我生》《空花》《转山》《出西藏记》《还俗》《圣地边将》，这些作品纯粹都是以西藏为题材而写的；另外《穿着拖鞋去旅行》和《去奈斯那》里，也有一半是收集了关于西藏的一些文章。怪不得有

好多人提到我就说："哦，是那个专写西藏的女作家啊……"

向尚：您是北京理工大学建筑学硕士毕业生，现在却是一位将主要精力放在写作上的"专职自由作家"，为何会有如此反差巨大的"华丽转身"？之前"非文学"的学习、从业经历带给了您什么？

鲍贝：所谓的"华丽转身"，不过是个"阴差阳错"，我也不知道怎么就走到了这一步。当时觉得一个女人搞建筑天天按部就班上班太没意思了，就想换个生活方式，但又没有其他专长，就只好开始写点东西。现在想来，建筑学是充满理性的艺术，它和写小说是相通的，需要很理性地去打基础、搭框架，需要合乎情理的结构和设计，才会出来完整的作品。

向尚：包括《还俗》在内，您的很多作品都会涉及生死的话题，为什么会这么热衷于将死亡嵌入故事？

鲍贝：我并不是刻意地要从死亡的方向去叙事，而是虚无，有一种永恒的孤独和迷失始终笼罩着我。死亡从佛教上来说，并非终结，它是轮回，是另一个开始。但在我看来，它就是无，是生命和所有一切的到此为止。内心极其敏感的人，往往会在灵魂所留下的残片和废墟中获得另一种神秘的记忆和理解。女性总是更为敏感，更注重内心的感知，也更相信直觉。

我觉得这比生活本身更重要。到目前为止，在我所有的中篇小说当中，我最喜欢《还俗》中的《此刻有谁在世上某处走》。倒也没觉得它的故事有多精彩，但我觉得写这个小说挺有意思，它像上帝赐予我的一个灵感或者礼物，我伸出手就把它给接住了，过程充满荒诞感，又有现实感，让人忧伤、悲哀，又哭笑不得。有一种生命的无常、虚空和悲凉的情绪紧紧攫住了我，这就是我决定创作这个中篇的最初动因。

向尚：读您的作品，经常会不自觉地把您投射到作品中，分明觉得里面有很多您个人的影子。却又明确地知道那是小说，虚构是不可避免的。于是会产生一种奇妙的感觉，在您的小说世界里，您就是一位独掌特权的君王，这种"特权"体现在对人物性格、命运的设置安排上。突然就会觉得做一位小说家是多么"过瘾"。如果说，演员可以通过在不同的作品中扮演不同的角色、体验丰富多样的人生，这是对人的生命只有一次且不可重来这一遗憾的补偿；那么，小说家简直无所不能，可以任意操控人的命运，是对人之局限性的颠覆，在某种程度上进行了"超人"的体验，您在创作中会否有类似体验？这是否在某种程度上形成创作的诱因？在文学这个特殊的世界里，您是怎样扮演"君王"这一角色的？

鲍贝：听起来这种能够掌控特权的"超人"体验非常不错，对人物的命运与生杀大权可以呼风唤雨、任意为之……但，我从来没有在我的小说世界中扮演过"君王"这一角色，我相信真正的小说家都不会把自己当成"君王"般去俯视、甚至任意操控他笔下的人物命运。当一个写作者完全进入他所创造的小说世界里的时候，他会紧贴着人物的内心和命运走，与他们一起欢笑，一起哭泣，一起悲痛欲绝、一起迷茫失落……写作者会变成每一个人物，而每一个人物的身上都会有写作者的独立思考和意识。

有些朋友在读完我的某一部小说之后，往往会跑来问我，"里面写到的某某是否就是你自己？"或者，"那个故事是否就是你的亲身经历？"诸如此类的追问越来越多，而我的回答越来越少，直至哑口无言。福楼拜在写完《包法利夫人》的时候，说过这样一句话："我就是包法利夫人。"我只能这么说，所有小说人物的命运和性格，都和写作者的意识和经验息息相关。

奥尔罕·帕慕克写过一本书，叫《天真的和感伤的小说家》，他说："我们在观察总的场景并跟随着叙述，我们把词语化作意识中的意象，化为想象中的图画,并动用想象力,追求书中到底说了什么,叙述者想要说什么,他意在表达什么,我们在意识里追问作家的故事中多少是真实的体验,还有多少虚构的想象。一方面,我们会体验到在小说中我们丧失的自我,天真地认为小说是真实的。另一方面,我们对小说内容的幻想成分保持伤感——反思的求知欲;我们仍然要追问,现实是这样的吗?"

西藏:再多的语词都不足以表达对她的倾心

向尚:爱西藏在先,还是爱文字在先?西藏和写作在您这里是一种什么关系?

鲍贝:喜爱文字是与生俱来的事情,而爱上西藏,应该是在我遇见她的那刻起。2005年我第一次进西藏,那时候的条件和气候都没现在那么好,我一个人在西藏转悠了一个多月,还第一次去了阿里,那时没有水泥路,也没正常的住宿,有时候就住在牧民的帐篷里,那时候开车进阿里需要走半个月,现在几天就可以来回了。

那次从西藏回来,我整个人就像着了魔似的,觉得这个地方实在太迷人了,她给了我太多的灵感,一发不可收拾,于是,一口气写下一本随笔集《轻轻一想就碰到了天堂》。自此之后，西藏在我心里的地位一直都是至高无上的，从来没有任何地方能够替代她。就像爱上一场至死不渝的爱情。

对我来说，去西藏是一种旅行，写作也是一种旅行，通过一次又一次地域和文字的旅行，让我获得了精神上的皈依和重生。

向尚：曾听说一句玩笑话："鲍贝是写作成本最高的一位作家"，这是"原文"吗？谁说的？能描述一下这句话当时出现的背景吗？

鲍贝：其实我已不止一次听人这么说我。但通过正式场合说出这句话的，是著名的文学评论家孟繁华老师。在一次研讨会上，孟老在评价我作品的时候说道："鲍贝经常跑西藏，写了好多关于西藏题材的作品，她的写作成本实在太高，不说别的，飞来飞去的机票费用就不得了……"

可能在大多数人的心目中，西藏环境特殊，飞一趟实在不容易，而我却动不动飞来飞去，就像回娘家。孟老师算的是一笔经济账。纵然在经济发达的今天，要靠稿费生活仍然是最低微的收入，耗时一年甚至更久的一本书的稿费，有时候甚至抵不过我飞西藏的一趟机票钱。我身边好多作家在写作之前都会先申请到一笔补助经费或生活费什么的，那些都是体制内作家的特权。而我不是体制内作家，从来就没享受过这些待遇，我压根就没想过这些。我只是个自由人，爱上哪上哪去，爱写啥就写啥，我不是个被"养"着的作家。哪怕不写，我也一样会跑西藏玩，去世界各地旅行，和写不写作并无多大关系。

如果真要说到"写作成本"，所耗去的时间和生命才是真正付出的代价。曹雪芹写《红楼梦》写了一辈子，写到死还没写完。那么，他的"写作成本"就是一辈子的呕心沥血，又岂是几张机票所能替代的？

向尚：西藏，是一个神奇的所在，对于没有去过的人而言，这里是一个"梦"；而很多去过西藏的人会说去西藏会让人成"瘾"。您认同这种说法吗？一年要奔赴西藏几次？一般待多久？

鲍贝：我每次都很怕回答这些问题，但这么多年下来，我被问到最多的就是这些问题。我只能说西藏确实是个会使人上瘾的地方，她让我着迷，但是，为什么着迷和上瘾，我可以向你们陈列出来的那些词汇都是表浅的，不足以表达我内心对她的那份倾心。

我是个没有计划的人，喜欢随心所欲；没有固定的时间待在西藏，想来就来，说走就走，有时间就多待，没时间就少待。有时候一年来不得一次，有时候一年好几次。今年从春天到夏天,我就已经去过三次。在这半年里,我差不多一半的时间在拉萨。此刻我就坐在拉萨的书桌前,不知道还将待多久,也不知道回去后下次会在什么时候再来,又会待多久……

向尚:这么多次进藏,有没有遭遇过特别强烈的高原反应?在大家心目中您是一位生活得很精致的女性,作为一个苏杭生长的"弱女子",您是怎样适应西藏特殊的气候、自然条件、饮食起居生活,并冒着那么大的危险去转山?

鲍贝:只能说我天生就适合西藏,海拔不到五千米的地方,我几乎不会有高反。我在拉萨和在杭州没什么区别,反而在杭州我的身体总是疲沓沓的、提不起劲儿,尤其在炎热的夏天,在杭州这座火炉一样的城市里你简直没法待下去。一到拉萨,蓝天白云、凉爽自在,我一下子就活过来了,感觉这里就是我想要的纯净自由的世界。

其实去转山也不会有什么生命危险,只要你做好转山前的准备。冈仁波齐神山的转山道上海拔最高处大概 5600 多米,在山上徒步两天确实很辛苦,但意志力可以战胜一切。现在神山上的止热寺建了一座图书馆,图书馆的海拔 5300 米,这是全世界海拔最高的图书馆,我写西藏的几本书都在那儿,我还想着哪天再去转一次山，顺便去图书馆看看那些书，也顺便看看到底有哪些坚强的人在浩瀚的星光下翻看我的那些书——这种事，想来就觉得挺有意思的，遥不可及又充满诗意，但它就在那儿发生着。

向尚：你是个素食主义者吗？

鲍贝：我不是个素食主义者，但我从未杀过生，在杭州我主要以素食为主，极少吃肉，也不喝酒，但到了西藏，我可以天天吃肉，也会和朋友们喝点酒。入乡随俗，相信环境真的可以改变一个人。在西藏的我，可以在没有厕所和热水的地方住下来不嫌脏，也不会饿死，我可以忍受没有网络，没有手机信号也没有人陪你说话的孤单和寂寞，可以去拥抱一只到处流浪从不洗澡的野狗……这是在城里的我想都想不到的。现在的我，无论在哪里，都能够很快地去适应眼前的生活，这是旅行教会我的生活能力。

巴黎、纽约、杭州

三个最美书店和美丽店主的故事

○

李仪 凌寒

越来越多的女性进入图书行业,并成为该行业发展的中坚力量。巴黎莎士比亚书店和纽约斯特兰德书店,不但是这两个城市的文化地标,也一直排在世界最美书店之列,而杭州西溪湿地的鲍贝书屋被评为"年度最美书店"也是实至名归。这三家书店的店主都是女性。在妇女节来临之际,谨以西尔维娅·惠特曼、南希·巴斯·怀登、鲍贝这三位女店主和她们书店的故事,向所有活跃在图书行业中的女性致敬。

巴黎莎士比亚书店 / 西尔维娅·惠特曼

西尔维娅·惠特曼是位于巴黎左岸的莎士比亚书店的

所有人。她的名字是为了纪念莎士比亚书店的创始人。这家著名的波西米亚风格的书店由美国人西尔维娅·比奇创办于1919年。20世纪20年代，这家书店是当时许多著名作家和诗人的聚集地，如埃兹拉·庞德、欧内斯特·海明威等。1941年，西尔维娅·比奇宁可关闭书店，也不肯将最后一本乔伊斯的《芬尼根守灵夜》卖给纳粹占领军官员。

西尔维娅·惠特曼的父亲乔治·惠特曼于1951年成为这家著名书店的店主。为了纪念书店的创办者，父亲特地为她取名为西尔维娅。书店秉承了创办时的宗旨，继续成为来自世界各地的文学爱好者和作家温馨的家。西尔维娅从2002年开始参与莎士比亚书店的经营，并于2006年成为店主至今。

在过去的十年里，西尔维娅带领莎士比亚书店进行了新的业务探索，包括经营了一家书店咖啡馆（莎士比亚咖啡馆）、创办了一个文学节、一个写作比赛，以及成立了一个出版部门。她是小众独立出版商的忠实拥护者，会直接从无法使用传统发行基础架构的小型出版商和作者那里获取寄售书籍，并经常与他们合作举办以其作者群体为特色的活动。书店的文学活动，受到了读者和作家们的热烈欢迎，他们常常从世界各地飞来，参加这里丰富多彩又特色十足的文学活动。同时，莎士比亚书店也成为各国游客游览巴黎必访的打卡地。

2016年，西尔维娅·惠特曼组织出版了一本关于莎士比亚书店历史的书——《巴黎莎士比亚公司：心碎骨店的历史》，并为这本书撰写了序言。这本书是她成为书店所有者后的首批出版项目之一，也是书店卖得最好的图书之一。

受2020年新冠疫情的影响，书店不得不遵守法国政府的禁令，减少营业时间或关门，书店营业额因此同比急降了80%。西尔维娅·惠特曼向读者发了一封邮件，呼吁他们多多购买书籍。令西尔维娅完全意想不到的是，邮件发出后，书店的订单量激增。平时，每周有100份订单就不错了。现在，他们每周收到的订单超过了5000份。这些订单来自法国和欧洲大陆多个国家，他们给书店留言，表达对这家全世界最有名望的英语书店的支持。法国前总统弗朗索瓦·奥朗德，也带着家人来书店购买了图书。全世界最美、最著名的书店之一的莎士比亚书店，就这样度过了生死劫。

纽约斯特兰德书店 / 南希·巴斯·怀登

斯特兰德书店位于纽约下曼哈顿区，有250万册新书和二手书的斯特兰德书店，是纽约的城市符号之一。南希·巴斯·怀登便是这个书店的女老板。1927年，她的祖父本杰明·巴斯在纽约第四大道的"图书街"开了这家书店。南希16岁开始在斯特兰德书店工作，1986年正式成为经理以及共同所有人，和父亲弗雷德共同经营书店。2017年父亲去世，南希完全继承了书店。私下里,她的个人藏书超过 2000 册。

作为书店的女老板,南希认为这一职位充满挑战,但同时她非常享受这种能够掌控自己事业和生活的状态。作为书店的老板,她能够随时提出新的想法并去实施。在掌管书店的几年里,她开设了一家分店——哥伦布大街的斯特兰德,并且积极创新商业模式,使书店经受住了数字时代来自亚马逊等大的互联网公司的威胁和挑战。

南希非常喜欢阅读自传和回忆录,尤其是那些关于坚强而有趣的女性的传记,例如获普利策奖的《桑塔格》(本杰明·莫泽著)。她还喜欢埃尔顿·约翰的《菲尔·奈特和我》,琼·迪丹的《奇幻思维之年》。同时,她也是奥斯汀、马克·吐温和狄更斯等经典文学作家的忠实支持者。

南希认为,阅读是人类文化的重要组成部分,书店可以通过非常特殊的方式与读者、作者和出版商建立联系。

她在 20 世纪 80 年代创立了一个部门叫作"脚下的书"来为读者提供服务。读者只需要提供图书的某种颜色、类型或风格,并告诉书店他们需要多少图书,书店团队便会根据读者的品位来推荐一个图书目录。这个项目不仅适用于为家人或朋友挑选图书礼品,并且对于打造一个家庭图书馆或企业的书库也十分有帮助。同时,这个项目也帮助了很多独立的出版商,将一些小众的图书进行有效推广。

作者的书架则是一个与作者或出版商合作的项目,让他们共同为读者提供全面的阅读列表，不但使作家之间，也加强了作家和读者之间更紧密的交流和联系。这个项目为很多作者提供过支持，并且广受读者的欢迎。

2020年因为新冠疫情，书店销售额比2019年同期下降了70%，加上现金流减少，经营难以为继。南希向她忠实的读者发出了求助信。她说，这是书店93年历史上，第一次为了生存下去而希望读者伸出援手。

她所希望的帮助，不是捐款，而是读者到书店，或者通过网站、电话买书。令她完全没有想到的是，就在发出求助信的那一周，书店收到了2.5万份订单，销售收入将近20万美元。那个周末，书店门前排起了长队，有读者一次性买下上百本书，有人给店员送餐，或者给南希送鲜花。还有读者专门穿过纽约城来到书店，只为表达对书店的支持。书店的单日订单有时可达上万笔，常规情况下，每周也可以获得5000份订单。就这样，在读者的帮助下，斯特兰德书店渡过了难关，避免了倒闭歇业的命运。

鲍贝书屋 / 鲍贝

很多人心里都藏着一个开书店的梦想，尤其对于一个写作者来说。拥有一座美丽的书院，是鲍贝多年以来最大的梦想。直到2019年春天，她无意中走进一座清代古宅，一切仿佛如约而至。

鲍贝书屋是一座拥有200多年历史的徽派古宅,原址在江西婺源太白镇谢村,由王保进老师搬迁至杭州,2006年按一比一的原样重新修建于西溪湿地一隅。

忆起初相见,她说:"当我第一次遇见它的时候,正是天色将暗未暗、华灯初上的时刻,眼前的飞檐翘角、琼楼玉宇在精心设计过的华丽灯光下更显神秘和辉煌,可以想象它昔日的繁华和辉煌。当时的我,完全被它的气势和弥漫在我周围的漫漫悲情给震住。那一刻,我感应到它的存在。它分明就在这里等我。我相信它等了我好久好久。"而也就在那一瞬,鲍贝决定让它重新焕发旧日的华光。接下来,通过半年的磨合与争取,古宅的主人终于和她签订了合同,同意用来经营书屋。

2019年国庆期间,书屋试运营。沉寂多年的古老建筑被激活,重新焕发出新的生命,还拥有另一个名字:鲍贝书屋。

鲍贝书屋在保护古建筑原貌的基础上,结合现代玻璃隔断,巧夺天工,设计成一个回字形长廊式书架,将古建筑和现代装修融为一体,相得益彰。站在二楼天井的露台,可以近观五凤楼的四周,飞檐翘角、雕梁画栋触手可及,梁上、柱上木雕人物及花鸟栩栩如生,呼之欲出。

这里有书香、有茶香,更多的是因书屋连接的一次次因缘际会。图书选品主要以文史哲方面的书籍为主,借助作家这个天然的优势资源，鲍贝还打造了一个中间下沉式玻璃屋，称为"作家签名书屋"，目前为止是全国著名作家签名书最多的一家书屋。除了为读者朋友提供阅读环境和空间，书屋还有咖啡、茶水和茶点等可享用，并不定期举行读书会、诗歌朗诵会、新书发布会、画展、摄影展和各类艺术拍卖会等。

在鲍贝看来，书屋是个承载和传播美学与文化的能量场，同频同气息的人会聚在一起。不管是这里的员工，还是慕名而来的读者，甚或偶然路过的游客……人与人、人与物之间，冥冥中一定有它的因果关系，虽然看不见，但它存在着。

鲍贝书屋迅速走红，很多读者、游客，从全国各地，甚至国外慕名而来。2020年末，在中国书刊发行业协会主办的"新时代杯"2020时代出版·中国书店年度致敬活动评选中，它脱颖而出，荣获"年度最美书店"的称号。

谈及开书屋的这段经历给她带来的感触，"这是一份美誉"，她说，"在与书屋相依相伴的日子里，我既在这份美誉中央，也在这份美誉之外，我在参与，也在旁观。几乎每天我都能听到无数的赞赏和惊叹，书屋如磁场，也是江湖，赋予我太多的力量和惊喜，但我的内心，始终存有一份清醒。"

原来是建筑师的她，后来成为作家，又为了心中执念，数次进藏。如今，她又开了书店。身份在变化，可是她内心对生活、对生命的执着与追求一直没改变。作为一位江南有代表性的女作家，鲍贝已出版了20多本书籍，她的文字充满人文情怀,有一种柔软与坚毅并存的力量。而她的书屋和她的文字一样,用她自己的话来说就是——"它们都是活的,是有生命的"。

打造一家"美"的书店很容易,而创办一个"活"的书店却很难。古宅建筑本身以及它所处的西溪湿地环境就是有生命力的,再加上图书、文化活动、在这里的每个人赋予的新生命力量,让鲍贝书屋成为独一无二的存在。而在赋予书屋生命和创造力的时候,它也在赋予我们很多意想不到的收获,她认为这是一种相互的成全。

谈到未来规划,"要看缘分了",她这样说。要开一家有生命的书店,打动别人之前,要先打动自己,这是她所坚持的。

2021年开年,鲍贝和她的团队用了20个夜晚(公园规定,白天不许车辆进园),在5000多年历史的良渚遗址上开出了第二家鲍贝书屋。书屋位于良渚遗址公园的稚山脚下,一湾湖畔,几间木屋,满室书香。有书友把良渚古城的鲍贝书屋,比作"不染一尘的世外桃源"。

开了第二家,她不想再开第三家了,因为没有精力也没有时间。

世界上美的地方很多,有书有茶有咖啡的书屋也很多,但是,真正活着的、有生命力、有创造力,让人进去就想留下来的书屋并不多。她希望,鲍贝书屋,一直是这样的地方。

妈妈的世界我不懂

周岂衣

妈妈是我最亲近的人。我一直以为没有人比我更懂妈妈，但是，越长大，却越觉得我并不了解她。这本书稿马上就要出版了，我读完叔叔阿姨们写的印象记，他们笔下的妈妈如此千姿百态，很多面都是我深感陌生的。妈妈的意思是，每个人都是一部小说，千万人去解读就会有千万种不同的思考和理解，甚至在不同的年龄段去读也会读出不一样的内容，也就是说，所有人对她的印象记都是片面的，都对，但都不全对，任何人都不可能被另外一个人完全读懂。按妈妈的话说，人是会变的，会随着环境和经历的变化而变化。

但不管怎么变，妈妈和我的母女关系不会变。我不知道，在妈妈心里，我算不算是个合格的女儿，虽然她大多数时间都在夸我鼓励我，但总会在一件小事上突然爆发，把我狠狠教训一顿。这段时间由于疫情，学校不让回去上课，只能天天待在家上网课，我和妈妈更加形影不离，我们每天一起打网球，一起遛狗，一起去书屋打理日常工作。

不知道这样的状况还要持续多久，我很想回北京，回到学校和同学们一起生活。每次当我收到延期回校的通知，我会有点沮丧和无奈，然而妈妈却不急不躁，说可以在家多待一段日子，多好的事呀。

可是，我上不了课也见不到老师和同学有什么好呢？

上网课不也一样能学到东西？现在网络这么发达天天都可视频。

视频见面和实际生活感觉不一样的嘛。

想想那些被封在家里足不出户闻不到花香抢不到菜吃得了病却去不了医院买不到药的人，想想在外地风餐露宿受苦受难有家不能回的人……你看你不愁吃不愁穿还可以随意出门遛狗逛超市也没有耽搁你读书学习写论文，你该好好珍惜，心怀感恩才是。

当妈妈说话语速加快，上句和下句不用分隔的时候，我知道她又开始向我急切地灌输某种理念了。这种时候我最好的办法是选择服从或者保持沉默。

任何事情的发生在妈妈看来都是好事。她总说"所有的安排都是最好的安排"，她相信任何事物都有其正反面，我们要多去看见阳光的一面，而尽量减少去看阴暗面。

妈妈还特别相信她自己的直觉，她总是凭直觉行事，这种凭着直觉做事的行为在妈妈这个年龄来说或许是很草率和任性的。三年前妈妈看中一座清代的古宅，非要租下来开书屋。身边人都反对，说全国上下没有一家书屋是赚钱的，何况妈妈从没开过店完全不懂经营。但她认为这些都不重要，重要的是她的直觉告诉她，这座古宅在等她，只有她才能够把古宅激活，恢复古宅昔日的辉煌与生命。这种毫无依据与经验、完全凭感觉的说法，是很难获得认同的，而我妈似乎也并不需要很多认同。但我支持她，因为，她是我妈，我知道她的直觉有一种惊人的力量。况且一个作家拥有一座书屋是件两全其美的事情。

果然，书屋开张没多久，不知怎么就火了起来，迅速成为全国书友前来打卡的网红圣地，被评为全国最美书屋。而总是宅在家里写作的妈妈，每天忙着接听预约电话，没日没夜地泡在书屋里。而我则成了她的助理，帮她处理各种事务，从中我也学会了很多，从注册公司、处理财务发票和流水、招聘员工到吧台的所有工作以及咖啡拉花我都被迫学会，因为，妈妈比我更不懂，我不学会没人帮她。

有一对情侣是书屋的老客，经常拿着电脑来书屋工作，说这里的环境很能激发他们的灵感。连续几次都是我送的茶点或咖啡。有一次他们非要请妈妈过去坐会儿，想和妈妈聊聊文学和旅行。我妈最怕这种闲聊，当时又没法拒绝，便过去了。当我去替他们换开水的时候，我妈便趁机转移话题，说了句，这是我女儿。他们死活不相信，以为我妈说的女儿是带引号的，以为是她很器重的一个员工。直到后来我妈说，我女儿也写了一部小说，现在在央美读研，还没开学，就让她来店里帮忙。他们很震惊地盯着我看了好一会。到吧台结账的时候他们偷偷问我，你妈为什么要让你来当服务员？说实在的，他们之前对我的态度很一般，有点居高临下，但当他们知道我的真实身份时，态度突然就变得异常客气。也许在他们看来服务员和老板的女儿在身份上有着本质的区别。

有时候，我也会感到有些委屈，特别是遇到蛮不讲理百般挑剔的客人，好几次都被他们气哭。但很快就能够释然。客人多的时候，服务员忙不过来，妈妈自己也在配茶点、端盘子。在妈妈眼里，人生而平等，只是使命不同。她希望我是谦逊的。"吃得苦中苦，方为人上人"是在外公外婆那代就传输给我妈和舅舅他们的生活信念。现在我妈和舅舅在不同领域成功，一个文学，一个建筑。他们这代人都强烈地认同生活中所有的甜都源自吃苦。苦尽，才会甘来。我妈宠我爱我如公主，但也不希望我变得好吃懒做。虽然，她也承认我们这一代人，光靠吃苦和努力未必能成功，但是，一个人不吃苦不努力肯定成功不了。我妈从来都不相信什么成功学，也从不给我灌"鸡汤"，像别的父母那样为孩子制订各种目标然后逼着孩子去实现。她只希望我健康快乐地生活，找到自己的使命感，该学习的时候学习，该玩的时候尽情玩，一切自然而然。这一点，我很感激她。

要不是疫情，书屋天天都有很多客人。我怕妈妈忙不过来，在开学之前帮她招好了助理才放心去北京。当人们纷纷前来书屋取经，找我妈分享成功的秘诀，羡慕妈妈把书屋打理成了网红打卡圣地，并邀请她去各种场所开分店或加盟店的时候，妈妈一脸无辜。首先她真的完全不懂经营，更无经验可以传授，一切皆按她的直觉行事。而"网红打卡"这几个字更是令她深恶痛绝，她并不认为网红是件好事，她清醒地认为一个地方一旦成为网红，那么离毁灭也就不远了。她想要的书屋是经典的、有文化内涵的、有故事的，能够让人慢下来、静下来的……但无论怎样，书屋能够活下去是前提，要活下去就得会经营。可是妈妈真的不懂经营。问题是她从不认为她的不懂有什么问题，她常常自我调侃，她能够无师自通，她说书屋已经被激活，它是有生命的，一座活着的书屋自然有其非同一般的能量和磁场吸引各路神仙的到来。

这一点，我也觉得妈妈很神奇，她不是个佛教徒，但她总是告诉我这个世界上有护法神存在。她相信因果，相信人在做天在看，相信只要有正念的发心自会有神秘的力量来助你达成心愿。因此，她被员工骗去了钱，也只是生一会儿气就放过了人家。用她的话说，这种恩将仇报只图小利的人，自然会有人去收拾他；如果人收拾不了他，老天会收拾他。

妈妈经常说一些别人不怎么听得懂的话，做一些不被常人理解的事情。当一个人的语言和行为不被身边人理解一定是很孤独的。最近，我似乎有点懂得了妈妈经常说的那句话：一个人独处的时候我从来不觉得孤独，反而很享受这种感觉，而跟一大群人在一起的时候，我经常会陷入孤寂。

但是妈妈绝不是一个孤僻的人，她接纳各行各业三教九流所有的朋友，深受她的朋友们喜欢，在人群中她总是谈笑风生、妙语连珠，有她在的场合总是欢笑声不断。但她却觉得跟一堆人交流很浪费时间，让她感到无聊，没有意义。这也是妈妈总是在想方设法拒绝各种饭局和会议的原因。

妈妈说，当一个人放空一切静到极致不受任何外界干扰的时候，能够跟天地对话。因此，几十年如一日，妈妈经常在夜深人静的时候读书或者写作，熬夜使她写出一部又一部作品，熬夜让她拥有着无穷无尽的隐秘的喜悦和快乐，熬夜也让她的身体机能渐渐衰退。而她认为身体只是皮囊，每个人来到这个世界上，都是来完成他的使命的。

我相信在妈妈独处的世界里，一定会有一种神秘的力量与她交谈与她共舞，因此，深夜里的她总是精神饱满容光焕发，充实而快乐。受妈妈的影响，我也喜欢一个人宅在家里，也喜欢深夜不睡。我感受到了一个人在绝对安静的状态下真的能够获得一种意外的力量，无论做作业、写论文、绘画和弹琴，都能达到一种惊人的效果。我妈又说，你就是你自己的神。

有一次周末饭后和我妈在小区里散步，她收到西藏的朋友从微信上发来的照片和视频，告诉她林芝的桃花开了，可以去看桃花了。我凑近看照片，简直美到一塌糊涂。就想跟妈妈一起去看桃花。

我妈说，桃花我们这儿到处都有啊。

西藏的桃花不一样，那儿有雪山，是开在天边的桃花。我嘴上虽这么说着，但也只是想想，并不真的要去，因为明天就是周一，我就得回学校。

没想到我妈竟然直接让我打开手机订票。她说，现在你都是个大学生了，只要你自己请好假，安排好课程，明天我们就飞过去。

妈妈表示，带我去看一场天边的桃花雨，或许胜过我读一年书。

第二天，我们就飞到了拉萨，又转机去了林芝。

我跟着我妈跑过西藏好多地方，但却没到过珠峰。有一次她在拉萨，我在学校，在电话里聊着聊着，我就说我想去珠峰。她说那你来吧，我带你去。于是，我就逃课去了拉萨，当然还要瞒过我爸，不然老师和我爸都会挡住我。

飞到拉萨和我妈见面后，她向朋友借了辆越野车，我俩换着开，一路开到珠峰大本营。本来看完珠峰就回拉萨的，我妈在阿里的朋友打电话给她,说既然到了珠峰,离阿里很近了,就顺道过来玩几天吧。于是,我们车头一调就去了阿里,开到普兰县足足开了十几个小时,中途开不动了,我们还住了一晚。开车十几个小时的路程,对西藏的朋友来说却是很近的,我算是长了见识。

那次妈妈带我去了冈仁波齐神山和圣湖玛旁雍错,经过札达土林去往古格的路上,还和边境的士兵吵了一架。后来听说,边境线的士兵身上都有枪,以保护边境为名他们有开枪的权力。真替妈妈捏一把汗。但妈妈却不以为然。那次的行程一路上帮我们逢凶化吉的都是当地的县委书记。阿里所有县的县委书记竟然都是妈妈的好朋友,也不知道他们是怎么认识的。最后一站本来是想去日土县的,日土县在中印边境,那会正值中印双方在边境发生冲突,妈妈临时决定取消行程。日土的县委书记给妈妈打电话说,不用担心,如果我连你们娘俩的安全都保障不了,我还当什么书记?而妈妈却说,是我们一路玩累了,想早点回拉萨去,再说女儿也要回学校上课了。

好不容易来趟阿里,没去成日土多少有点遗憾,而妈妈却不想给朋友添乱,她说非常时期,边境的干部们每天都如履薄冰,责任重大,不得有一丝马虎。

那我们不告诉他,自己开车过去玩不就可以了?

我妈说,问题是人家已经知道了,而且非常时期去每个边境县都需要通行证和经过各种检查站，瞒不住的。

　　妈妈的任性的是出了名的，想去哪儿就去哪儿，但妈妈也并非在任何时候都任性，她自有她理性周全的一面。

　　那次从札达出发回拉萨，本来是要在路上住一晚的，但我不想住路边旅馆，想直接回拉萨，妈妈竟然也默许了，一脚油门开到拉萨，没想到那一程整整开了27个小时。一路荒凉一路冒险，看到了最圆的月亮，最亮的星星，一路所经历的震撼是任何教科书里都没有的。

　　小学的时候，不知道从哪儿传出去的说我妈妈是个作家，每次语文考试，无论哪个老师监考，都会在我写作文的时候突然就站在我背后，偷偷看我的试卷，搞得我异常紧张不敢下笔。那时候我特别特别害怕听到这句："你妈妈是个作家，那你写作文也一定很厉害吧。"这句话没有让我感到骄傲和自豪，反而让我无比自卑，对"妈妈是个作家"这件事产生了极大的抵触情绪。每次学校要请她来讲座，我都让她别来。有一次校长和班主任一再邀请，她实在不好拒绝，就跟我商量，我没好气地说，你不要去丢脸，你又不是老师……这件事，竟然被妈妈记了很多年。那时的我年幼无知，情急之下只想阻止妈妈，所以便说了狠话。

　　《十八岁》是我在妈妈的鼓励下硬着头皮写出来的小说。妈妈告诉我写作没有捷径，唯一的秘诀就是每天在电脑前坐下来，开始写，写不出来也坐着。我就给自己每天规定，必须写 2000 字才离开电脑。但是，至今为止，我仍然觉得这是不科学的，因为我并不热爱写作，写作的每一分钟都让我痛苦无比，完全靠自觉自律和鼓励才坚持写完。但是，让我意外的是，这部小说出版之后带给我的成就感和骄傲感却是空前的，我变得更加自信了。真的很感谢我妈言传身教、苦口婆心的鼓励与推动，让我真真切切地感受到了"苦尽甘来"的意义和力量。自然而然地，我想接着写下一部。

我并没有完全读完我妈的作品，她写的小说和随笔太多了。妈妈的语言和她讲故事的能力我望尘莫及。有时候我也会感觉奇怪，生活中的妈妈是个急性子，没什么耐心，遇到麻烦总是喜欢发脾气，喜欢干脆快速地处理事情。但是，在写作的时候，她却充满冷静和智慧，就像经验丰富的将军在指挥着他的千军万马，把小说中的人物和情节都布置得跌宕起伏、滴水不漏。而写完一部长篇小说短则半年，长则一年甚至几年，不知道妈妈的耐心和耐力是怎么来的。长期的熬夜让妈妈熬出作品的同时也熬出了颈椎病、腰椎病和胃病。

也因此，妈妈并不希望我成为作家，她说写作这个行当太辛苦了，不是一般人能够扛得起的。我想每个妈妈都是矛盾的，矛盾来自各个方面，就像妈妈在她二十多岁的时候，外婆希望舅舅留在家，而我妈却死活带着舅舅到城市去打拼一样。

创作之外，妈妈还把家料理得井井有条。在我眼里，她做饭不输五星级酒店的大厨,把我养得又高又胖,家里的两只小狗也在她的喂养下肥得像两只球;她自己不爱吃肉,却每天买肉做成各种口味喂养我和两只小狗。她把两只小狗叫成小毛孩。她往来西藏18年,深受藏传佛教的影响,在她眼里,无论是人还是狗,所有的生命都应该受到尊重和关照。书屋外经常有流浪猫过来觅食,她买了几十斤猫粮备在店里,吩咐员工每天上班把猫粮放在门外等待野猫路过。野猫越来越多,猫粮也就越买越多。有一次有人打野猫,活生生把一只野猫背部连皮带肉割去了一长条,当妈妈见到那只死里逃生血肉模糊的野猫时心疼不已,直接去骂那人太没人性。估计除了我妈,整条街上开店的人都不会为了一只野猫而去得罪一个陌生人,但妈妈不管。

好多人都说妈妈傻,因为妈妈经常犯傻。我想是妈妈根本不在乎这些。她平时就在教我"人情练达即文章,世事洞明皆学问",一个写小说的人怎么会不懂人与人之间的利害关系和人情世故呢,我想我一辈子都学不来妈妈善解人意与朋友相处的智慧。

书屋开张满一周年的时候,大家都在忙着关心书屋还能不能存活下去、赚不赚钱,妈妈却在忙着为书屋写歌词。《鲍贝书屋》是她为书屋写下的第一首歌。妈妈喜欢爵士,但国内很难找到这方面的高手为她谱曲。我通过我的爵士乐老师,她帮我介绍了远在纽约的刘东风老师。我当天加上了刘老师的微信推给我妈，让他们自己沟通。半小时后，妈妈就把几万块定金通过微信转了过去。妈妈连老师的手机号都没问，对方长啥样、多大年龄、多久能成曲，之前有没有过作品，她一概不知。她说不需要知道这么多。我说那老师可是远在纽约，现在又是疫情时期，要是他收了钱转身就把我们微信删了，我们连个收条都没有，你到哪儿去找他？

我妈说，不会。她又相信了她的直觉。而她的直觉再一次应验。妈妈的歌词写得隐晦深奥，一般人很难把握，而东风老师却真就读懂了妈妈，从谱曲到做音乐到找到刘可夫老师演唱，几乎都是一气呵成，无可挑剔。当成曲发过来的时候，我和我妈听了一遍又一遍，真的是天作之合，感动了好久。

到今天为止，妈妈仍然没有向刘东风老师要手机号，他们通过微信已经合作两首歌曲了。妈妈也为开在良渚遗址公园里的第二家书屋写了一首歌叫《圣地书屋》。

爵士在中国本就属于小众，妈妈写的歌几乎没人知道，她又不接受任何推广。她说她的歌是写给自己和书屋的，不用太多人知道，又不是流行歌曲。

妈妈喜欢养花，有她在的家，到处都是花花草草，生机勃勃。她几乎叫得出所有花草树木的名字，这是她小时候从农村带来的本领，我觉得实在酷毙了。

妈妈几乎是个全能型的女人，对于生活中的很多事情，她都拿得起放得下，几乎无所不能。我经常想象，如果没有妈妈，我会怎么样。如果没有她，我便不会从小到处出国旅游，不会对物质生活无忧无虑，不会有信心读书写作和绘画，也不会明白那么多的生活智慧与经验……我会一无所有，一无是处。

而妈妈也并非无坚不摧的钢铁侠，在非常偶尔的时刻，我也会看到她脆弱的一面。有一次我们在拉萨，在饭桌上吃饭，有位和妈妈一样也被人骗了巨额钱款的阿姨，不经意间说起妈妈在电话里跟她哭得厉害，话一出口，妈妈想阻止已经来不及。可是那次被骗事件，妈妈在平时跟我们提起时总是轻描淡写。后来妈妈跟我说，她伤心不是为了那笔钱，而是受不了被自己信任的朋友出卖和欺骗。

另外一次也是她人生中最严重的一次，是她和舅舅关系的破裂。我妈从小就把舅舅当弟弟又当儿子般照顾，只要舅舅有需要，妈妈总是义无反顾无条件地帮他。她不止一次地为舅舅能有今天的成功而感到骄傲和欣慰，她也无数次地跟我说起，纵然全世界的人都背叛她，但舅舅绝不会，因为妈妈心中的舅舅是个绝对讲义气讲人情的男子汉，舅舅是妈妈一手带出来的，没有人比妈妈更自信。然而，舅舅却狠狠地背叛了她，那是天大的误会。妈妈对舅舅无怨无悔的付出和帮助，我可以用20多年的生命来作证。而老天爷却为妈妈和舅舅亲密无间的姐弟关系制造了一个巨大的误会，直至多年之后，舅舅才幡然醒悟。然而妈妈的心早已被伤透，对舅舅绝望至极。也是从那时候开始，妈妈不再轻易相信任何人。她总是对我说，人都会变的，对任何人的付出和帮助都要为自己留几分余地，不要全盘付出，不然真会心碎至死。舅舅留给妈妈的伤，好多年都缓不过来。也不知道舅舅对妈妈是否心存歉意。记得舅舅买过一辆保时捷送给妈妈，这应该是舅舅第一次送妈妈礼物，妈妈直接就拒绝了。后来那辆车被舅舅降价卖给了别人。我问我妈为什么不要，我妈说，她要是收下这种还人情的礼物就是一种羞辱，她就不配做我妈，也不配做我舅舅的姐姐。

我妈她坚硬而柔软，正直而慈悲，我试图保护她，帮她抚平舅舅留下的伤疤，不再让她受到任何委屈，是我现在最大的心愿。

下集

作品评论

观我生和我观世

鲍贝小说综述

▽

邱华栋

有的作家,属于那种不声不响发生自我裂变的。鲍贝就是这样一位小说家。本来,浙江的青年作家这几年呈现出开锅的状态,有十几个青年作家的风头正劲,好似沸水奔腾,打开杂志,到处都是他们的作品占领头条。鲍贝在其中,属于低调的实力派,非常从容。我看过她的一些作品,发现她勤奋而具有内爆力。

鲍贝写有长篇小说多部:《空阁楼》《观我生》《你是我的人质》《独自缠绵》《书房》《空花》等,还出版有中短篇小说集《松开》,其中的短篇小说《空瓶子》《我爱张曼玉》;中篇小说《松开》《朝圣》《带我去天堂》等获得很多赞誉,进入各种年选。她还出版了多部散文随笔，《穿着拖鞋去旅行》《去西藏，声声慢》《去奈斯那》，都是她游走世界各个热闹地方和偏僻角落的心花路放。这些作品加起来，构成了鲍贝的文学形象：丰富、内敛、洒脱、冷静、超越、尖锐和犀利。无论是观察人性，还是观看世界，鲍贝带给我们的，都经过了淬火的书写。这也难怪，她是毕业于北京理工大学的研究生，在理工大学学习，作为一个理工女，成长为一个好作家，其独特品质是带有铁器的冷艳和冰雪之下的热情。

鲍贝最近又出版了三本新书：《观我生》《书房》《空花》，拿到小开本硬皮精装，我完全被惊艳到了，这应该是我见过的十分精美雅致的当下小说的精装本了。从书名上看，像《书房》《空花》，这样的名字我一开始还以为是谈禅说佛的散文集呢。《观我生》是老版新出，《空花》《书房》则是我第一次读到，三本书都是由北岳文艺出版社出版的，精美的开本和装帧，容易让人误以为是散文集。撕开书封才知道，《书房》和《空花》都是她的长篇小说。

人靠衣装马靠鞍，人不可貌相，对于一本书来说，当然更不可貌相。我得承认，促使我阅读鲍贝的这三部小说的最初动机，是因为书做得太精致漂亮，以至于拿在手中有点爱不释手。另外，还有一份隐秘的好奇心也促使着我静下心去读一读。就好比遇见一位气质优雅的女子款款走来，会下意识地瞥一眼。所以，这三本书一起出来，让我们看到了鲍贝要建立的文学世界，文学眼光，和她所关心的问题，这三本小说就是进入鲍贝小说世界的三条小径，在里面，有一个洞察幽微人性的林中空地。

先说说《观我生》。

《观我生》初版在2013年，时隔两年之后，由北岳文艺出版社再版。先前那个版本我读到过，李敬泽的序言非常好，光是题目就惊艳无比：《天堂在虎穴中》。我相信，让敬泽大师以这样一个句子来形容的小说家，鲍贝，其独特性和犀利性，其动静之迅捷和身形之矫健，真的就如狼虫虎豹来到我们眼前一样了。

的确，一个人与一部小说的相遇，也是有它的缘分的。虽然现在的我们已不太愿意去说"缘分"二字，它已被人用烂用俗了。但它存在着，无处不在。在《观我生》里，也处处充斥着扑朔迷离的缘分，一场又一场。情缘，或者孽缘，貌似巧合，却也暗合着某种宿命般的必然。小说写了一个中产阶级的女子"我"从天堂般的城市杭州出发，途经尼泊尔辗转到达另一个天堂般的国家不丹，一路寻找失忆的那个自己，路上所遇的奇缘层出不穷、巫幻森森。"我"所遇见的那个叫Frank的男人，经过一层层剥洋葱似的叙述，最后知道他原来是一个叫贡布的喇嘛。当然，主人公"我"在路上遇见的喇嘛已不再是喇嘛的身份，他已还了俗。还俗的原因是爱上了一个女子，或者说，是遭遇了一场爱情。对一个生下来就出家、从未经历过红尘的喇嘛来说，遇上爱情，注定万劫不复。

既然写到喇嘛，必然会涉及宗教和信仰的问题。鲍贝有她自己的直接观察和体验。这跟她多年来多次去过西藏、印度、尼泊尔有关。据说，这个故事是有原形的，是鲍贝去不丹的旅途中听一位藏族驴友所说，当时，让她大为震撼的并不是喇嘛与一个都市女人的爱情，而是，当那个女人把还俗之后的喇嘛带进红尘滚滚的花花世界之后，最终抛弃了那个喇嘛。那个喇嘛一生都在寺院里度过，除了念经之外什么都不会，在都市生活中毫无能力自理，他该如何生存？——鲍贝先是被这个问题给击中了。然后，她设置了一条与她自己走过的相同的路线，试图还原这个故事，再安排喇嘛经过重重艰难困苦，抵达另一个天堂——不丹。那里是全民信佛的国家。喇嘛最后爬上不丹的虎穴寺跳崖自尽。当然，对于一名佛教徒来说，死并不意味着生命的结束，从某种意义上来说，死是一场救赎，或者，是生命的另一种回归。这就让我们感到震撼了。

小说中的"我"亲历并见证了这场死亡，主人公似乎在恍惚之间，确定的却是死亡的事实。我想，鲍贝在写这个故事的时候，也一定很迷茫。她内心迷茫于人的命运被神秘而不可知的色泽所笼罩，又仿佛被看不见的魔掌所控。人在迷茫或者需要自我救赎的时候，一般都会自然而然地想到宗教。然而，宗教真能拯救得了一个迷途中的人吗？小说中和喇嘛相爱却最终迫于现实不得不选择分手的那位女子，意识到自身的罪孽，带着身孕一路磕着长头去西藏，结果死于一场车祸。车祸当然属于意外，但谁知道呢，所有的意外都是冥冥中的安排。小说家的思想如闪电般划过天地，带有原罪的拷问，还有来自古希腊悲剧传统的宿命的因子。在鲍贝的小说中，每一个人都是可怜的，可怜地处于被命运所折磨和愚弄的地位，无论你贫富贵贱，无论你怎样挣扎和抗拒，都不能挣脱冥冥中那双看不见的手的拨弄。小说中的每一个人，也即带着一种与生俱来的罪感，人人都生活在罪的世界里，自己有罪，并迫使他人有罪。

这种罪感，在另一部小说《空花》中也同样存在，并且更加深重和荒诞。

《空花》，听这名字就带有佛教的某种说法，或者说联想。小说由四个汉族女子的故事组成，她们在自己的城市里沉沦浮沉，各自经历了人世间的"残忍"与"冷酷"，不约而同地到了西藏，从拉萨结伴出发去转冈仁波齐神山，神山海拔接近7000米。对于佛教徒来说，转一圈神山即可洗清一生的罪孽。小说中的四个汉族女子皆非佛教徒，然而她们却冒着生命危险决定去转山。其中一位的原形即是鲍贝自己。她与藏族佛教徒之间的一场纠葛，导致她愤然将对方告上法庭。然而，她虽然赢了官司，但存在于内心的迷津却仍是无法驱散。她带着混沌状态再一次走进西藏，并毅然决然踏上朝圣之途。在神山上，与她同行的三位女子，其中一位坠崖自尽，另一位失踪。在一种极度的迷茫和混沌之中，鲍贝把自己关进书房，于是就有了这部小说。对于一个小说家来说，处于一种混沌状态的创作，内心的情感或许反而可以直接与上苍交流，抵达一种形而上的灵光，那是一种原始力的弥散。鲍贝让人惊异的地方正在于此，她绝不迎合抒情的、小资的、唯美的、俗气的那种对她的审美期待，她顽强地走到了一片十分幽深的林中空地，在那里，安静地捕捉人性之豹倏然闪过的身影。

可以说，《空花》延续了她前一部小说《观我生》的绝望与宿命的主题。鲍贝把每一个人物的性格和内心的复杂性把握得都很到位。她的努力和天赋是惊人的。她的作品总能带领你进入一个不能解释且布满迷津的道场。正因为不能解释，便有了让人思考的余地，小说的深广和静穆也便自然呈现。

鲍贝平时给我们的印象是温润又柔和的，她活得优雅从容、无忧无虑。我们所见到的她穿长裙布衣或旗袍，很难想象，她是如何一次次地只身去西藏，为何要冒着生命危险去转山？相信在朝圣途中的她一定感知并获取了某种可以与天地自然打通的精神密码。在她的作品中，面对人性的荒原，她冷静地把藏匿于世界的隐秘和暗黑无情地拉扯出来，真切感和无力感令人措手不及。

相比《观我生》和《空花》这两部小说，《书房》明显要更贴近生活一些，我的意思是更接近我们的日常生活经验。《观我生》中喇嘛的爱情和"我"在不丹路上的自我寻找之旅，《空花》中四个女子怀揣着各自秘而不宣的悲惨经历踏上朝圣之途的故事，听起来似乎离我们都很遥远，小说中的人物也感觉如天外来客一般。然而，在《书房》中的每一个人物，你都能感觉到他们就生活在我们身边，仿佛每天都在和我们接触，息息相关，并惺惺相惜。小说中，怀才不遇的文教授以辞去大学教授的职务作为对当下体制的一种对抗。然而，对抗的结局是带来更为不堪的生活。一个大学教授最终沦为一个私人书店的临时配售员。鲍贝以她洞察幽微的叙述呈现了一个落魄文人在这个时代无处安置的一种现状。在我们的生活中，这已经是个很普遍的现象。当代生活并不好写，但鲍贝对人物和命运的把握可谓炉火纯青。小说中的书房和书籍仅仅是小说中的道具，是通往自由生活的唯一途径和精神密码。小说中的那些人物，都是爱书之人。文教授、书店老板娘、李教授夫妇、李总、金万亿、温小暖……因为爱书，这些人便交集在一起，不经意间在生活中演绎了一场啼笑皆非的荒诞剧。而文教授始终穿梭其间，他遇到了真正的爱书人，遇到了为装门面不得不"爱"上书籍的人，遇到了为了"爱书"而去爱人的人，也遇到了为了"爱人"而去假装爱书的人……总之，这是一个病态的时代。一个追求理想的"正常"的人，在这个时代注定失败，最终不得不做出妥协。从有限者的失意与挫折里，更能看出人的本质。

鲍贝借助这些人物，满怀忧伤地提醒我们：人的存在从来都不是诗意的，人生下来就走在死亡的路上，人的本质是悲剧。当然，并不是说，人反正是要死的，就不去好好地活了。相反，正因为人是要死的，生命短暂，我们更加要好好地活，活出精神，活出自己。但是，我们是谁？我们到底在为谁而活？为了什么而活？在这个时代，我们到底应该怎样活着？……在鲍贝的每一部小说里，都存在着诸如此类的追问。

观我生，我观世，这之间有着多么大的缝隙能让一个人穿过，鲍贝做到了，因此，她成为一个独特的小说家。想到她，我联想到美国南方几位杰出的女作家：奥康纳、尤多拉·韦尔蒂、麦卡勒斯的那种观察世界的眼光，和她们创造的文学世界。鲍贝快比肩于她们了，甚或是，在某些方面，如《观我生》达到的高度，已经并不逊色。

由此看，鲍贝在当代文学经验中的独特性已经逐渐凸显出来。她能出能入地游走在外部世界和人的内心这两者之间转换自如。看世界上的外部风景，却能描绘出人心和命运更加复杂而深沉、热烈而壮美、沉静而内爆的景象，这样的小说，好看而带有教益，像是一场探险，她绝不想让你一开始就如履平地，她期待的读者，也是胆大心细、善于攀缘绝境的会心人。

在 2017 年第一期《十月》杂志上，我又读到了鲍贝的一个中篇小说《出西藏记》。这个中篇一改她以往的写作风格，采取写作者最难把握的第二人称进行叙述，引起大家的广泛关注。听说《出西藏记》已被扩写成长篇小说，将在今年夏天继续以精装书亮相。让我们继续拭目以待。

哀信仰记

读鲍贝小说《出西藏记》

▽

续小强

现在谈信仰，恰如去抽一支熄灭了好久的烟，点着了抽，很无味，若寻不着打火机，更无聊。

鲍贝的《出西藏记》，执意却还是选了信仰。有点冒险。作为小说家，她不怕，她不"谈"，她是"哀"。她是哀而不谈。

因了"西藏"的字眼，这部小说应会掠起你些微的兴趣。如此感觉，定是与微信里西藏的美图大大不同的。我想是的，在某些特别的时刻，交给一部小说让它摁着我们能够真的停下来，也是比较的美好。

小说的主角不是你，而是"你"。

"你"在贡嘎机场顿留，由虫草，"你"想起了"一个叫许美晴或者白玛旺姆的女人"。这个女人，"怎么可以这么美！她的臀部紧实上翘，腰肢轻柔若柳，双乳饱满圆润，犹如熟透的果子散发着诱人的芬芳。这样的身体，别说异性见了会疯狂，连同性见了都会怦然心动，忍不住想入非非。"这个风姿绰约的女子，和"你"一样，在圣城拉萨，都被骗了。不同的是，她与那个骗子似有情感的粘连。而你，纯然是为了不知为何梦想的梦想。"你"和她相约转山朝圣，她因身体的限制，匆匆下山，而后便不知所踪，预先留了一张便条与"你"相约，亦偶然遗落了一张"病历"与你生死永别。整个小说在"你"的回忆中完成。这个回忆的时间长度，大约只是恍惚的一瞬，但在小说中，却用去了许多字的篇幅。

　　用故事梗概的方式，去复述《出西藏记》意识流的叙事，颇费周折。上述所言，乃小说的结构主线，其实简单，也可以归结为一句话：这部小说叙写的，是下定决心要离开西藏的"你"，在机场恍惚间的有关西藏的种种回忆。"出"之决心与必然意志，即和信仰有关。

　　"你"所谓的"晴姐"，她的信仰，无疑是极残酷了。她离开上海，离开前夫，在圣城拉萨，她以极权主义者的方式统治着自己、强迫着自己、挺拔着自己的身体，她以瑜伽修炼向佛问道的神秘形式磨炼着自己的精神，她的信仰自足而单纯，用她的话说，是"自美自足，自生自灭"。

在圣城，她的被骗，许是因了旧的物欲与新的情欲所织就的业障。她的再次觉醒，定是经过了漫长的心酸路途，"唯有自爱，才能自足；唯有自足，才能真正抵达内心的愉悦"。反讽的是，如此纯粹又干净的一个奇美女子，有信仰，有力量，竟然如施了魔咒般，转山不得。转山途中，她只能一次次鼓励着"你"走下去，仿佛"你"是她另一个自己的幻化，形之外的神。她自足的信仰，在此关键性的瞬间，必然要经受自我的责难和他人的质疑。

在"你"的回忆中，"你"便只是"你"的旁观者了。"你"想起自己在西藏的经历，满是感伤。是的，只有这个词儿，我想用来描述"你"以及"你"的信仰比较合适。"你"没有反思，没有批判，没有抗争，没有哭号，没有哀怨，唯有感伤。仿佛告别一位昔日的恋人（西藏），作为小说家的"你"，有一种不合常理的镇定。"你"所描摹的藏地游历种种，如沉香一般，神已不在，只漂流着香魂的淡淡的味道。却无所谓悲欣。"你"的平静令人惊诧。"你"回忆"你"转山途中所做的两个梦，也是极安静的。一个梦讲，"你看见无数的魂魄在飘荡，犹如星星在茫茫的夜空中闪烁"。另一个梦，"竟也梦见了满天的白色蝴蝶在飞，你也是其中一只，在空中飞啊飞，冷得直抖翅膀。一阵狂风刮过来，蝴蝶纷纷折翅而落，如片片雪花，扑腾着掉落在地面，化成空无"。"你"的信仰为何？难道是如"你"面对冈仁波齐山星空时所念出的"空花道场"？可"空"的信仰，还是信仰吗？难道，"空即是色，色即是空"，即是"你""空花道场"的本念，即是"你"根本可依的信仰？

"你"的小宇宙确实有异常的能量。对于骗局的制造者"牛魔王"的刻写，真是写得充沛而饱满。当然，更让人惊奇的是，"你"的冷静和克制。小说中的牛魔王，几为恶魔，十恶不赦。可他的身上，也有太多我们现代人悲摧的暗影。比如，他说："如果一个人在自己身上找不到自由，那么，他在世界上也找不到自由。"他好似说出了这个世界的真相，"自由"便是他理直气壮的信仰。可他自由观之下的龌龊种种，极端如当着妻子卓玛的面，凌辱她的妹妹，如此的场景，令人心生正义的悲愤和无奈的悲凉，用了如此的剧情，"你"也许不仅是平静的感伤，而是为了暗嘲的揶揄："你"似乎在嘲笑我们这个自由世界的自由的荒诞。

起先，"你"是"被动"地掉在骗局中。后来的某些场合，"你"确是还"主动"地参与到了索朗顿珠新的骗局。比如，不揭穿他的谎言，在展览会上帮上当者与他合影。也许是"你"的"空"在作祟，但如此的"空"，如此的"信仰"，如此的无所谓，在现实中，似乎减损了"你"的美好的道德。在小说里，我想"你"如此地不顾道德，是为了成全一个新的道德，即承认索朗顿珠也是一个受骗者——为了小说的道德，"你"放弃了现实的道德：同情于一个本不该获得怜悯的不断织造骗局而身患绝症的可怜虫。我想，也只有在小说里，"你"如此的态度，才是不会被人诋毁的。

牛魔王的妻子卓玛最终离开了牛魔王，与"你"一般，也从圣城拉萨"出走"了。她的信仰破碎得可以，她再也无法回到自己的故乡。我也为这个美丽的女子感到万分的遗憾。那"你"呢？能回到自己的故乡吗？能返回到自己的家吗？毕竟只是小说，我们不用为"你"操心了。

现代小说的艺术教导我们沉思的必要。信仰为何？鲍贝的这部《出西藏记》给我设置了一个思考的空间。读后，我也如"你"一般，沉陷在小说的回忆之中，就无端地想起卡夫卡讲过的一句话，他说，一种信仰好比一把砍头的斧，这样重，又这样轻。

回到雾霾的现实中，这把信仰的斧头悬在那里，我看还真是重，只是重，又黑又重。

另一个世界与你的彼岸

读鲍贝小说《出西藏记》

▽

谷 禾

在我的视野里,生活在西湖边或西溪湿地的鲍贝算得上一个陌生的作家。这里的陌生并非指向作家本人,而是指向对她小说写作的陌生。

鲍贝为数有限的诸如《空花》《观我生》《去西藏,声声慢》等几部小说或散文作品,并没有如多数女作家那样去展示自我及身边芸芸众生的琐细生活,或书写私人狭小的情感世界和生命的恩恩怨怨,而是剑走偏锋地把"一个人在路上"当作映照现实的镜子。行走和相遇让她的写作突入异端成为可能,让这些作品也像极了不同的道路——风景不同,人事不同,偶然事件的发生,在特定环境下成为必然,所抵达的罗马又异常固执地指向了她一次次往返的雪域圣城，并以此为背景，去呈现读者所陌生的风流图卷，众生的命运和遭际，以及看似晴朗无云的故事里所蕴匿的电闪雷鸣。

如果你能理解每一个人心中都有一个西藏梦的说法，就不难理解为什么鲍贝能拥有那么多文学之外的读者和知音了。也许在他们的心目中，这个鲍贝只是一个独来独往的旅行者和背包客，而与其作家身份并没有多少关系。关于她的小说，我也一直没有探问过鲍贝，究竟是什么深层的原因让她选择了以西藏为故事背景去言说表达，去重构现实，是不是她一直有挥之不去的西藏情结。因为一个作家对写作题材（假定"题材说"是成立的）的锚定，似乎冥冥中有神的启示和指引，我想大多情况下，就连作家本人也是难以解释清楚的。一个作家只是碰巧接受了某种启示或者指引，通过自己的虚构，呈现出与她相遇的这个清晰或模糊的面目而已。

拿到《出西藏记》这个小说，第一眼让我想到了《圣经》中的"出埃及记"。而鲍贝并没有约定俗成的把《出西藏记》写成人类的某个族群被上帝救赎或者施诫、弥漫着强烈宗教气息的故事，或者对她心中的雪域高原进行重构，而是通过几个人物对自己信仰的沉迷与背叛，以及他们更加世俗和纷乱的生活状态的呈现，把作家的思考有意无意地转向去探讨和厘清宗教和人心的复杂纠葛上去了。对大众心目中略带神秘的雪域高原和更神秘的藏传佛教,鲍贝既没有去圣化它,也不曾矮化它(我不知道在这个"地球村"的时代,有哪一片不被圣化或矮化的净土还能保持着它处女的纯净)。雪域高原只是鲍贝精心设置的一个供他笔下的人物活动的场所而已,《出西藏记》所致力于书写的人,依然是被作家洞悉的世道和人心。这也证明了,小说作为古老而现代的艺术形式,作家所呈现的个体作品不管如何翻新花样,其内核仍然在亘古如常地传达着他对生活和现实本身的还原、发现、思考和重构。也唯此,作家才有了一代代薪火相传地写下去的勇气和光荣。

很久以来,诸如作家为什么写作、写什么和怎样写的问题,一直屡受问询和质疑。拿这个问题去问许多作家,得到的答案也五花八门。是的,在这个物欲横流的时代,作家对文学书写的固执坚守似乎越来越不合时宜。我记得有人回答说:"写作是为了让自己更自由的呼吸。"捷克作家伊凡·克里玛更给出了这样的回答:"在这个时代,写作是一个人能够成为一个人的最重要的途径。"联想一下伊凡·克里玛所处的时代,我能理解作家的言外之言和意外之意。尽管我们已经远离了那个时代,但事实上,作家总要通过自己构思的故事告诉读者一点什么,他为艺术的劳动才有时代的价值和意义。

退一步说,我没见过有哪一个真正优秀的作家会因为自己构思或者书写了一个多么精彩的、迥异于其他讲述者的故事而得意扬扬。作家的责任（如果作家有这个责任）更在于要创造一个与现实世界息息相通的艺术世界，或有意识地，自觉地去厘清"人和他人的关系，人和世界的关系，以及这种关系的无限丰富的可能性（铁凝）"。场景、故事、命运等元素毫无例外是构成一部小说的主要部件，但人与人，人与世界的"关系"的确立，才能使其交融成一个完美的艺术个体，作家铁凝由此还提出了"对'关系'的独特发现是小说获得独特价值的有效途径"的写作主张。

从这一维度考量《出西藏记》，我们可以尝试着分析一下小说中的几个人物之间的关系。

第一个人物："你"。尽管读完《出西藏记》，给我印象最深刻的人物是一直被某种神秘气息笼罩着的白马旺姆，但专业的读者一定会觉察到，"你"才是《出西藏记》的主人公。因为"你"到拉萨的来去，才有了在不同的节点"你"与粉墨登场的白马旺姆、索朗顿珠、牛魔王等各色人物的相遇；因为"你"到拉萨的多次往返，才与白马旺姆之间产生了那种相互欣赏、理解又相互防范的复杂微妙的关系，才有了与牛魔王的相识；因了牛魔王的牵线搭桥和信誉担保，又有了对所谓的企业家、唐卡大师索朗顿珠的轻信，不自觉地走进了他们预设的骗局，成了和白马旺姆一样的受害者；更多次的往返中，"你"渐渐明晰了几个人之间纠缠不清的复杂关系，他们各自晦暗而神秘的生活状态，以及由这种复杂关系和他们与世界的关系所构建的世俗意义的拉萨。无休止的扯皮官司，把"你"折磨得精疲力尽，让你在放下和执念之间徘徊和纠结，最终不得不通过一次置生死于度外的对冈仁波齐神山的朝圣，才完成了一次对自我的救赎和灵魂的洗礼。这一次的朝圣，并不仅仅是为了完成对白马旺姆的承诺，更是一次对自我的置之绝境而后生。作家本人似乎无意呈现"你"在的完整的生活。换句话说，"你"的阶段式的故事，仍然只是"你"在作家讲述《出西藏记》的时候所带出的零星碎片而已。小说呈现了这一方面，而忽略了她的全部生活（尽管"出藏"和"入藏"并非"你"全部的生活），既有叙述的限制，更因为"你"已经彻底陷进这种烦扰而不可自拔，生活的另一面不知不觉被彻底遮蔽的合理性。"你"从白马旺姆、索朗顿珠、牛魔王的身上看到的并不是想象中那般纯洁无瑕的雪域高原，而是等同于世界上任何地方的欲望膨胀的世界，他们各自呈现了人性中最真实的一部分，保留了人性中的善与恶，丑陋与美好。说到底，拉萨也好，宗教也好，作为梦想和信仰总是完美的，不完美的是真实存在的和人性本身。在我看来，鲍贝开始似乎并没把"你"刻意塑造为小说的主人公，"你"只是勾连起小说中其他几个人物命运的引线，是"你"自己半道儿站出来，出乎作家意料地成为《出西藏记》这个小说的唯一的主人公。我认为，对一个小说家来说，出现这样的结果并不尴尬，因为恰恰在大多数时候，并非是作家在写他小说中的人物，而是小说中的人物在书写着作家，并且一如既往地把控着作家对小说人物命运的把控。

第二个人物：白马旺姆。从白马旺姆在拉萨机场候机大厅意外的出现，到和"你"成为相互欣赏的朋友，到一路陪伴、劝诱、说服和引领，直至消失。她既是一个真实书写于《出西藏记》中的白马旺姆，也一直作为一面镜子存在着，"你"从镜子中看到的人物，也许就是心灵的另一个自己。在"你"的讲述里，她令人不解地"把自己变成了一棵树，从香艳繁华的故土大上海连根拔起，移栽到了拉萨圣城，一边经营她的文化公司，一边游走于藏地的各个角落。"白马旺姆漂亮而优雅，让所有的人一见倾心。她有自己的上师，坚持晨跑，定时练瑜伽，泡温泉，喝茶，食用最正宗的虫草，虔诚地转八角街或者布达拉宫。用她自己的话说，就是"下定决心离开前夫，离开上海，移居拉萨，就是因为她已不再想取悦于任何人，不希望自己再次被爱。她只想在这座空气稀薄的城市独善其身。就像一朵花和任何一种植物那样，存在于这个世界，自美自足，自生自灭"。一切似乎都在确证，白马旺姆所追求并正在享受的正是这样不受羁绊的心灵自由，一种被信仰所洗涤的、半隐居状态的理想生活。但随着以"你"被骗为线索的故事作为载体被剥丝抽茧，真相也渐渐大白于"你"眼前——白马旺姆不但也是一个和"你"一样的索朗顿珠诈骗案的受害人，还是一个乳腺癌晚期患者。事业的挫折和肉体的病变击溃了她，让她作为一个失败者转而求助于宗教和信仰，越来越坚持地去相信"头顶三尺有神灵，人在做，天在看""恶有恶报，善有善报""所有的安排都是最好的安排"等，为今生的遭际感到罪孽深重，祈祷通过这样的"移栽"求得超脱和慰藉，寄美好于虚幻的来生，最终把生命也交给了冈仁波齐神山。每一个人的信仰都应该得到尊重，但信仰的力量并非是无止境的。

在此，我无意于腹诽白马旺姆对信仰的痴迷与坚守，但"你"却从她的命运和遭际中隐约地看到了未来，并幡然醒悟，毅然离开了心中的圣城，回到了出发的地方。这样的结局本身就是白马旺姆的又一次失败。至此，我们抬头打量身边的时候，能看到更多人身上何尝没有白马旺姆的影子。白马旺姆的价值和意义就在于她像一面镜子，照出了每个人对命运的屈从。那么，由她所引出的关系通达了我们每一个人。可以说，《出西藏记》的几个人物里，白马旺姆着墨最多，形象也最为丰满和典型。她有特殊性，也兼具了普遍的意义。

相较而言，作家对索朗顿珠和牛魔王这两个人物就显得有点陌生,或者说不够游刃有余。这两人只是演技拙劣的骗子而已,既不是什么企业家、唐卡大师,也不是什么裕固族的昔日王爷。弄清真相的白马旺姆一针见血地揭开了其原来的画皮:"索朗顿珠是个身份非常复杂又吊诡的人物,而且他所经历过的人生也是复杂而吊诡的。他做过喇嘛,还俗后结婚,生子,离开牧区到拉萨创业,和妻子离异,他赚过钱,也亏过钱,救过人,也坑过人,当过董事长,也做过骗子,被抓进去蹲过牢,又突然就被放了出来,现在继续当他的董事长,继续挖坑,继续骗人钱财。"两人像魔鬼的分体,在现实中扮演不同的角色,配合相得益彰。他们拙劣的骗术之所以屡屡成功,就在于巧妙地抓住了内地人被雪山、蓝天、白云、喇嘛庙、信徒的虔诚所震撼、净化后,内心所滋生的天真和对从前的生活方式的短暂怀疑,进而给他们画出了一张张伸手可触的灿烂的大饼,从而骗取了他们对西藏那片圣土的信任。等你发现的时候,为时已晚。

回到小说对艺术性的探讨上来。我们会发现,"你"的西藏,并非只有纯净的雪山、蓝天、碧水、白云、喇嘛庙,更涵盖了形形色色的白马旺姆这样的信徒,和索朗顿珠、牛魔王这样的骗子,"你",以及由他们外延的更多他人所构成的人与世界的关系,这才是一个完整的西藏。鲍贝通过对人与人、人与世界的多重关系的展示、呈现和书写，让《出西藏记》有了文学和社会的双重价值和意义。所以我们说，在小说写作上，"题材"从来就是一个伪命题，一个作家是否通过他的书写揭示出了世界存在的真相，多大程度上抵达了人性的真实，才是我们更应该看重和思考的。

《出西藏记》的叙述视角也有着鲜明的特色。在谈及小说的叙述空间时，诺贝尔文学奖获得者巴尔加斯·略萨曾经这样说："叙述者是任何长篇小说（毫无例外）中最重要的人物，在某种程度上，其他人物都取决于他的存在。叙述者永远是一个编造出来的人物，虚构出来的角色。与叙述者'讲述'出来的其他人物是一样的，但远比其他人物更重要，因为其他人物能否让我们接受他们的道理，让我们觉得他们是玩偶或者滑稽角色，就取决于叙事者的行为方式——或表现或隐藏，或急或慢，或明说或回避，或饶舌或节制，或嬉戏或严肃。叙述者的行为对于一个故事内部的连贯性是具有决定意义的，而连贯性是故事具有说服力的关键因素。小说作者应该解决的第一个问题是'谁来讲故事？'"巴尔加斯·略萨这段话的重要性，在于向我们廓清了叙述人的确立和叙述视角的有效运用才是一个小说是否成功的最重要的元素。

从叙述视角方面来考察《出西藏记》，我们能看到，这个小说选择了最具难度的第二人称"你"作为唯一的叙述视角。并且这个人物既是小说的主人公,故事的参与者,又是故事的叙述者。我们说任何小说当然都存在一个叙事空间和叙事者空间,两者之间的关系被叙事学研究者称之为"空间视角",在"第二人称"的叙事空间里,叙述者不再是一个无所不知的上帝,而变得偏狭和逼仄,闪转腾挪起来异常困难。我曾在不同场合反复强调,"第二人称"叙事最直接的好处是便于抒情,而非揭示故事的真相,但抒情恰恰是小说不可忽视的敌人之一,它甚至会某种程度地疏离和抵制着作家的叙述,让后者变得模糊、暧昧和混乱,直至被遮蔽。所以使用"第二人称叙事"就如同在刀尖上跳舞,作家往往不能自已地越界,混淆作者和叙事人的界限,从而让小说偏离了它必须直接面对的真实。当然,"第二人称"叙事更容易让读者在阅读中生发角色的转换,从而更直接地理解作者的情感和用心。《出西藏记》的可嘉许之处,在于鲍贝一直保持着叙述的小心翼翼而不越雷池。她通过"你"同各个人物的巧遇(当然,作为同行,我更希望这种巧遇是一种必然而非偶然)来推进故事的有效进程,通过视听来补充和完成因果的转换,一步一步构建起属于《出西藏记》的小说伦理。当她的主人公甩脱了所有羁绊,独自朝向冈仁波齐海拔5700米的垭口、朝向死亡攀登的时候,鲍贝在小说中的叙述也就游刃有余地进入了一种忘我的境界。在这里,叙事者和主人公合而为一,不再受到任何干扰，叙述也变得更加专注而酣畅淋漓。当"你"终于望见了繁星似雪的蔚蓝苍穹，"一路走来，所有的勇气、堕落、痛苦、追求、情爱、希望、怨恨、抗争，与种种放不下的情结，皆在刹那间破灭消散。一切所执的事物，都不过'唯是梦幻'的力量。与你相遇的，竟是一场幻化般的'缘觉'。所有的转山转水，最终抵达的皆是幻觉般的'菩萨地'。"小说的叙述也抵达高潮："你"终于顿悟，反身离开了冈仁波齐神山，离开了似乎永远也走不出的西藏。同时，也让《出西藏记》得以诞生。

批评家李敬泽曾经这样说："小说就是一种面向死亡的讲述。任何一部小说——我现在谈论的仅仅是我认为好的小说——无论它写的是什么，不管主人公在最后一页里是否活着，它都受制于一个基本视野：它是在整个人生的尺度上看人、看事，也许小说呈现的是一个瞬间、一个片断，但是，作者内在的目光必是看到了瞬间化为永恒或者片断终成虚妄。"在此，我想说的是，《出西藏记》向死而生，却又殊途而同归，通过叙述者的有限讲述，她向我们呈现的不再是一个以西藏为背景的现代商业故事，更是一次事关信仰和心灵的冒险之旅和发现之旅，是对"出埃及记"和关于西藏的诗意想象的彻底背叛和反动。

我们是彼此的人间烟火

鲍贝小说《还俗》读后

▽

续小强

《还俗》是鲍贝三部小说的合集。一部是长篇《观我生》,一部是中篇《此刻有谁在世上某处走》,另一部是"短篇"《无缘无故在世上走》。

我是把这个"短篇"当成"后记"来看的。所以,读完《还俗》中的《观我生》和《此刻有谁在世上某处走》,无来由的,一句话便插了翅膀扑了过来:"在我的后园,可以看见墙外有两株树,一株是枣树,还有一株也是枣树。"

这是《野草·秋夜》开篇的话。一句被"分析""肢解"了无数遍又无数遍的话。它似乎有深意,又似乎特别的装腔作势。文末,鲁迅从秋夜的玄思中抽身而回,对着白纸罩上的小青虫,"打一个呵欠,点起一支纸烟,喷出烟来,对着灯默默地敬奠这些苍翠精致的英雄们。"

呵，飞蛾扑火——"这些苍翠精致的英雄们"！

如今的它们，已是结伴而行，飞入了鲍贝的《还俗》，真可是化作了"苍翠精致的英雄"。

鲁迅的温情奇喻，正可移用在《还俗》主人公的身上。他们是《观我生》中的"我"和Frank（哈姆、贡布）；他们也是"我"和泽郎、加央，从《观我生》的"虎穴"中一齐沉陷又沉陷，跌入《此刻有谁在世上某处走》的诗句中，跌入《无缘无故在世上走》的病态中，似乎就要重生于新的现实，冲破虚构的"白纸罩"，拥抱幸福的圣火，不料又被一阵莫名的阴风吹乱，没有升腾，只有坠落。

三部小说合在一起，鲍贝命名为《还俗》，这有一定的合理性。Frank（哈姆、贡布）和泽郎，都是从寺庙走出的还俗之人；而且，他们本就是一个人，一个无端进入寺庙又决意走出寺庙的人。Frank（哈姆、贡布）在《观我生》中业已完成了一次生死的轮回，因 " 《观我生》"在《此刻有谁在世上某处走》中的"出版"，于是化作"泽郎"再次出现，找到"我"，用现时代时髦的微信聊起了"《观我生》"中的他和"我"——故事的结局，是他们没有"复活"《观我生》中的相遇，泽郎在寻"我"的路上因车祸而亡，再次将"我"留置于大而空的世界。于是小说末尾，里尔克犹如咒语般的诗句雷电一般劈闪着：此刻有谁在世上某处死／无缘无故在世上死／望着我。确有神秘的力量存在，否则不会再有《无缘无故在世上走》中虚构故事的主人公、出版社编辑和作家本人新一轮的虚构与真实的缠绕接力了。

三部小说的叠合，增加了复述《还俗》的难度。故事确定，人物确定，时间却是支离破碎之后反复拼贴才连缀起来的（那还是时间吗？），未知的命运如冬日雾霾中的人迹一般，似有若无，模糊不定。有点像大变活人的魔术。你的身体和灵魂被虚构的奇幻与叙述的变奏撕扯，一时升腾，一时坠落。从《还俗》抽身而出，你大概也是要化作那"苍翠精致的英雄"了，用《秋夜》里的话说，真是"可爱，可怜"。

"可爱"的是，我们的处境与小说的故事无关。那么"可怜"，是不是我们的命运与小说的人物如影随形呢？既可爱，又可怜，我想小说家和"我们"是站在同一个队伍中、朝着同样一个高音喇叭的。于是，享受了阅读的"快感"之后，我们不禁要问，《还俗》的题旨为何，小说之于我们的意义是什么……

在《观我生》中，"我"只是一个幻想着靠写作谋生的富家女，她的写作尚处于模仿阶段，对于"听来的故事"基本上是照单全收，没有了Frank（哈姆、贡布）的讲述，她大约无法控制自己写作的速度。不过，她的虚构和想象仿佛天生异禀有如仙人神助,许多个梦的描摹确如彩虹一般赏心悦目。这些笔法,我想远非那个身为富家女的"我"所能胜任;这些不时散落的奇丽的梦,大概只能经由小说家的"我"来为她代笔。所以我看,在《观我生》中,一直存在着两个"我",一个是富家女的"我",一个是"小说家"的"我",她们如孪生姐妹,跳着危险的贴面舞,时而分开,时而合一,一个跟踪着Frank(哈姆、贡布)的脚步,在杭州、拉萨、尼泊尔、不丹的旅行中飘摇,不断确证这一个他的前世今生,一个潜伏在名为古若梅的富家女的梦乡里,不断刺探她潜意识深处的那一片草原,一次次接近这一个她的原初的禁果之核。

"小说家"的"我",在《观我生》中草灰蛇线般的存在,为《此刻有谁在世上走》奇迹般的出现,留了一颗孤独的火种。在小说中,她如《画皮》的故事那般意味深长地变回了"小说家"的"原形",再一次作"观我生"的婀娜状。小说中的人物果真找上门来了,对号入座,让人寒惧。在现实生活中,如此的"严重时刻"不是没有。如是贴了金,皆大欢喜,喝酒吃肉,如是抹了黑,大张旗鼓,对簿公堂,徒唤奈何。但还是少数的吧——毕竟,小说家比一般的人还是要聪明许多,更要世故许多,老谋深算大约应是他们这个职业的第一修养吧,绝大多数的小说家怎么都不会犯这种低级的错误。那么,鲍贝小说人物的打上门来,是真是假？她说得好像是真的，仿佛她真的经历一般。她借了"小说家"的"我"的嘴说："写作经年，虚构的人物无数，连自己都数不清，也记不清了。还从未碰过小说中的主人公哪天会突然找上门来的。"

可他真找上门来了。我以为，这是发生在小说家鲍贝身上的真事。确有雷同，绝非巧合。在《观我生》的故事中，Frank（哈姆、贡布）纵身一跃、不告而别，以欣然赴死的自杀幻想着能够洗却自身的罪愆。其故事的震撼，是虚构出来的如传奇一般的"读者反应"。《此刻有谁在世上某处走》，他以《观我生》小说原型的身份复活，化作惧怕临近死期的泽郎，这合乎基本的人情，他纠结于《观我生》中他的死亡结局而不能自拔，最终却以应是偶然的车祸死亡：尘埃落定，殊途同归。

我是真的唏嘘不已了。《观我生》彼时的虚构，是此时《此刻有谁在世上某处走》的现实，而此时的现实，果真只是小说家又一次精心谋篇的虚构吗？若是，真可辜负了"此刻有谁在世上某处走"的美好的悲情了。

把小说读成了真的事实，这还真验证了余华所言："强劲的想象产生事实。"真的中毒太深了，我如小说中的泽郎一般，被"小说家"的"我"一再地嘲笑、反感："把小说所有细节都往自己身上套的神经病"，"阴魂不散的人"，"真是百无聊赖啊"。

不只是我，小说人物泽郎也以为是真的。他的理由是："虚构又不是撒谎，它只是你们小说家用来表达经验和重构世界的工具。"厉害了，这句话，它真是胜过了许多评论文章的滔滔不绝。他的读感远胜过我千倍百倍，他说："我失眠了。整夜睡不着……我们一路上发生那么多事情，仿佛都是我亲力亲为。我知道所有情节都是你虚构的，但对我来说，这些经历比我在现实生活中发生的任何事情都要真实，它们让我着魔，也让我着迷。"你看，泽郎是一个多么好的读者！

与此同时，"小说家"的"我"也受到了奇妙的感染。"真实的霉菌"在她的心头发芽，虚构与真实的边界消失了，"小说家"的"我"多次迷惑之后，在泽郎"真实"的裹挟下，也不得不在歉疚、罪恶、恐惧、迷茫的状态下妥协，而任其蔓延、蔓延，直至泽郎的死讯到来，又陷入新的无以复加的虚无。

苦痛与罪愆似乎永无总结。你在短短的《无缘无故在世上走》中，又一次读到的，是虚构人物与真实存在的纠结，是一部小说偶然出世的鬼使神差，是一个写作者宿命的不可违抗，是无论虚构与真实每一个人的信仰更为彻底的虚无的结晶。

所谓，假作真时真亦假，无为有处有还无。真还是假，假还是真？无还是有，有还是无？真真假假，无无有有。

我亦致幻。庄周梦蝶，你是庄周还是蝶？

管他什么梦、什么蝶，最真最真最最真的事实是，《还俗》这部小说与我们是切切实实相关的。它有迷失，但追问的是真相。它有逃避，但时常蜷缩在青苔的角落里做着粉嘟嘟的毫无破败感的梦。它笑对孤独，它不惧死亡。它爱每一个的自己，它忧郁而宽容，偶尔一次的勇敢决定已为每每退缩的我们鼓舞、声张。它的现实，是你我的现实。它如此切近俗世中的我们，又指给我们俗世之外梦有别的模样。它叛逆，只对自己的内心臣服。"不停地荡来荡去，不知来处，也不知归途"，"我们对意义的不断追寻，却又让我们不自觉地陷入无尽的忧虑和迷惘之中。" 如此无形的钟摆，唤回了我们面对时间刻度时早已麻痹的痛感。时光逆流，它带你我重回旧日时光的芭蕉树下，吟一曲"残雪凝辉冷画屏。落梅横笛已三更。更无人处月胧明。我是人间惆怅客，知君何事泪纵横。肠断声里忆平生"。它的凄怆是一种暗示，"今古山河无定据"的塞外豪放背后，是"相看好处却无言"这般温婉携扶的更为长久的历史绵延。

《观我生》《此刻有谁在世上某处走》《无缘无故在世上走》，终于合在了一起，成就了如今的《还俗》。它就像身边冷窗外的那些树，"默默地铁似的直刺着奇怪而高的天空"。"在冷的夜气中"，我们"瑟缩地做梦，梦见春的到来,梦见秋的到来,梦见瘦的诗人将眼泪擦在她最末的花瓣上",她说:唯有小说,才是我的人间烟火;唯有在小说中,我们才是彼此的人间烟火。

慢处声迟情更多

读鲍贝《去西藏,声声慢》有感

▽

续小强

《去西藏,声声慢》,这是鲍贝的第六本散文集子了。

许多小说家似乎特别怜惜自己的笔墨,他们钟情于虚构的故事,为笔下的人物深情,却不是特别的情愿过多表露自己的心迹。于现实的世界,他们更像一群夜行的隐身人。鲍贝在小说的创作之外,耗费了如此巨大的心力(六本之多),来做这未必讨好的散文,便不是一个寻常的合群的景观了。

不过,她的散文,尤其是她的游记,与她的小说也并不是全然没有关系的。我注意到,她的小说极喜好取用一种轻慢的旅行叙事手法。比如《观我生》。小说写一位都市的女子在不丹之行的奇遇,借偶然同行的旅伴之口,叙写一位僧人自我救赎的经历,并以沉思她甚为偏爱的生命无常、信仰之悖论与艰难的主题。新近小说选刊所选的《转山》,就更是如此。这篇小说纯是转山途中的"见闻",几位不同的女子,背负各自不同的心事,在艰险的路途上,追索生之意义。在她的这些旅行叙事的小说里,弥漫着彼岸不知如何抵达的迷惑,更有一种异常强烈的不可控抑的急欲宣泄的气质。也许,她是极不满意这些虚构的故事,更是不愿过分地为这些命运奇特、内心苦痛的女子伤情了;故而,小说完成的某一刻,她便动了新的念头,决心要自己亲自再做一次精神的漫游;留下的,便是这本书中如温茶一般的西藏游记了。

书的装帧是极美的了。书末页的简介中(极少有书将作者的介绍放在最后一页的),说她"自2005年以来,往返西藏二十余次,足迹遍布西藏各地"。我想,这不是为了"推销"这本书所做的故意,而应是她自然的浅白却深刻的自述。由此,我们再去读她十多年来陆陆续续写下的这一篇篇藏地的游记,或许会情不自禁地生出恍然如时空穿越般的感觉。十多年的路途,因了在藏地,若做一个加法,一定是极遥远极遥远了。这般的远,该是一种孤独至泣血的远吧。许多篇章的最后,她所标注的写作的年份,应该也是特意地了。这时间,似乎在提示我们这般的事实:现在,如果你再去那个地方,已不是过去的那个样子了。

因而这些时间，也一定是让她心跳加速甚或特别疼痛的时间了。

每一次游历归来，因了新的介入与不同的体验，她笔下的文字，意味也是不同的。有如万物自然的生长一般。"晚期"西藏之行，以《一座老王宫和我的一篇后记》为突出的代表，这也是整本游记中最长的一篇。这篇游记，在我读来，其实就是一个极为传奇的故事，她投了巨资要在拉萨造园梦想的破灭，似乎也在提示着我们：神秘的美好，常常只是我们一厢情愿的虚构；阳光普照之地，亦存有阴影的蛛网，暗中一次次地觅求捕获我们善良之心的时机。

文字的酥手抚摸着我们，可教我们暂时脱离雾霾，归隐于静静的山林，潜伏于远方的远方。我特别地喜欢这本书中她初历藏地后的文字。是因了它的单纯，清澈，就是时不时暗自垂怜的泪水也让人觉得可亲而可爱。《夜宿嚓卡》《一场明朝的雨》《月光旅馆》，篇幅是极短极短了，附着了诗性的光芒，照亮了她内心的交响，共在于此，我们的泪眼亦受到了如临初雪般的感动。

鲍贝的文字轻灵而婉转，颇有浪漫诗人抒情的特征，即便如此纪实的记游，也极多"慢处声迟情更多"的色彩。所以，她才会写出如此伤怀的话："而我，一个没有信仰的女子，在路上走走停停，内心充满犹疑，不断在自我抵触中将一种思想进行分裂或者拼合。就像一个迷路的人，一次又一次任茫然的目光飘移向每一个路口处。我世俗的旅行目的，也许在很多人眼里，和一个朝圣者一样扑朔迷离，无法解释。"

读过鲍贝的这本书，一个疑问总是悬在我的心间：如此大众化的文章样式，游记缘何吸引了这世上许许多多的文人；乘了游记的舟船，我们的肉身又将驶向何方？这种感觉，在过去翻检沈启无编的《近代散文钞》时也有过。彼时殊深的印象是，这本集子极多有晚明小品的游记。费了许多时间，找出这本看过许多遍的书，统计了一下，在一百七十二篇选文中，游记竟有六十四篇之多。又翻黄开发先生所写的重印序言，他对此现象的"解释"是："这一派作家努力摆脱世网，走向自然，怡情丘壑，视山水为知音。"我于是就想，他的这个极简约的说法，不知是否也可合了鲍贝的心意。

天堂在虎穴中

鲍贝长篇小说《观我生》序

▽

李敬泽

雾霾沉沉，有雾的日子里方知空气原是物质，这口气，它的密度、重量，它黏稠的触感，像一条混浊沉重的大河在身体里缓慢地循环涌动，压迫着身体，贴向土地、尘埃。

贴向物质、权势、虚荣……

贴向那张银行卡。

深夜了，看完了《观我生》。我是说，看到了银行卡上的名字。

这是一篇序，将要放在书的前面。所以，为防"剧透"，我要慎用我的"先睹"特权，人的命运我已了然，但我不打算告诉你们，让你们自己随着这书经历波诡云谲，经一场梦幻泡影。

谈谈另外的事吧。

比如谈谈尼泊尔和不丹。

多年前,我去过尼泊尔,读这本书,我发现书里的男人女人,他们的行程与我当日基本一致。我去了是白去,可她和他,此一去却成就了一个好故事。也就是说,如果你去过尼泊尔,那么,这书带你再去一次,去得荡气回肠;而我没去过不丹,看了这书就便觉得,有生之年要去,去《观我生》的不丹,如此方才无憾。

啊,这本书的作者跳起来了,你把这书当导游手册了么?

好吧,有时小说就是导游手册。比如《尤利西斯》,据说,你现在仍然可以准确地按照布卢姆1904年6月16日的路线漫游都柏林——当然这说明都柏林的城市改造实在太慢,他们需要进口一个市委书记。小说给这个世界最美妙的馈赠之一,就是,当你走在一座城市、一片山水中时,你意识到你与某一部小说中的人物同行,他们,那些虚构的人,在你心中奔走,怀着激情、欲望,把他们的笑和泪和喘息和气味铭刻在砖石草木之间。由此,这些地方不再是地理的、物质的,也不再仅仅是审美的对象,它是你的记忆,某种意义上是你的前世今生,是你如此陌生如此熟悉的地方。

比如现在,我就在尼泊尔,在巴格玛蒂河边、在大佛塔、在杜巴广场，在五光十色的人群中，我注视着一个女子正在寻找一个男人，他们有时同行，但转眼失散。这个女子，她的脸上混杂着焦虑、脆弱、孤独和执拗，她的眼睛和神情和姿态都在寻找，好像她一直不在此时此地，她丢了什么，或者她丢了自己。

寻找，不管是寻找宝贝还是真相还是意义，都预设着目的和方向，但小说家们对人类行动的目的和方向总是深怀疑虑。不疑虑的不是小说家，而是成功学家。小说家们所信的只是，自由意志总会把我们带向意料之外的地方，人之自由，与其说是为了抵达某个目的，不如说是，人愿意承受自由本身，它的孤独无助、它的可能和不可能。就如《观我生》这样，所有的人都在寻找，寻找所爱、寻找所梦、寻找所在，而被寻找的人也在寻找，世界如同一份无解的寻人启事，人们该有多么孤独。在这茫茫世上，在这本书里，好像人之为人、好像生命之为生命，就是为了寻找。

也是为了逃离。

这本书在远行和归家之间展开，在两个"天堂"之间展开，家在"天堂"、在杭州，但家不是"我"的家，"我"的家、"我"的天堂在远方，在世界的尽头，在青藏高原，在不丹，在寻找的终点或者寻找的路上。

它的力量是慢慢呈露出来的。至少一开始我不能说我喜欢这部小说,它看上去似乎是起于奢侈的闲愁,有关财富、厌倦、叛逆、出走等,不过是老生常谈,很文艺,做作的夸张,把这份闲愁弄得特别重大。

但是,渐渐地,这件事真的重大和紧迫起来。小说家有时需要专制,他不讲民主,他无视我们关于事物的一般看法,他有足够的好足够的坏和足够的疯狂,他能像带领一个国家一样,把我们强行带入一个设定和规划的境界——在这里,他重新安排生活和世界,他强行规定,某些事毫无意义,而某些事意义极为重大,以至于成为世界的重心。

在《观我生》中,一个资产阶级小姐的叛逆和逃离就渐渐变成了一次惊险宏大的长征。这个作者,她把不自然变成了自然,把做作变成了创造,她非常非常坚决,她软硬兼施,运用悬疑、好奇、威胁和应许,诱惑、号召、激励着我们,把我们带向一个乌托邦。

这个乌托邦在不丹。准确地说,不丹是这个乌托邦在人世的投影。

当然,我们知道,那里有童话般的国王和王后,那里是梁朝伟还有谁谁谁结婚的地方,那里是全球化的逻辑唯一遗忘的地方,那里是西藏的西藏,那是滚滚向前的历史不慎遗落的一个神龛,让全世界的大小有产者寄托他们的梦想,如果他们还有梦想的话。

但是，在这本书中，乌托邦漂浮在不丹之上，它应允着救赎，是一个秘教的天堂，一种执念、一种黑暗狞厉的内在体验，我是说，天堂就在虎穴，这里有一种毁灭的冲动——是光明，是燃烧，是生命的沉醉和狂喜，也是毁灭，是飞蛾扑火，是以身饲虎。

人们历经千辛万苦，经受堕落和苦难，是为了寻找和走向那个美妙的天堂般的死亡和救赎。

但那又怎样呢？我们受苦、堕落，即使我们不向着那里去，不去不丹虎穴寺，那又怎么样？人不是反正会死吗？

这有什么不同吗？

是有所不同的吧。前者是自由意志，是选择和决断，而后者则是顺受一切，是在尘世中修炼不死之术——现代性的根本前提，或许就是假设了人是不死的，把死悬置在意识之外，在这个前提下，人世间的一切才是绝对有意义或有意思的，爱欲嗔痴、占有和进步、消费和成功。

所以，这本书的最后是有大悲的，所寻找的所有人都去了死了，寻找者遗落在世上，她在另一个"天堂"，在杭州，那里是无尽繁华，她的心无尽荒凉。

那张银行卡提醒她，她的长征或许从来没有走远，她在本质上还留在原地。

不丹在天边外。

雾霾填塞着我，让我觉得生命是如此具有质感，黄土尘埃渐渐地将我们掩埋。

这种时刻，读《观我生》，我想象还有人与我同读，这世上还有人，心在高原，想象着天空和飞翔，想象着无色、透明、接近于无限透明的空气和空，想象着救赎和自在。

在猜谜中品尝生命的滋味

鲍贝长篇小说《观我生》的一种读法

▽

郭建强

鲍贝给她的这部长篇小说命名为《观我生》时，可能没有意识到，这几乎是《红楼梦》《尤利西斯》的另一个名字。我们一代代地打量着《红楼梦》这个空间感具体的世界，一代代地观赏着其间众生的灿烂和暗淡；《尤利西斯》则以声音展现生命的暗流、曲折和怒涛，我们听到了一个几乎触手可感的爱尔兰男人的生命独白。《红楼梦》和《尤利西斯》的伟大作者，可能在"观我生"，也在"观他生"。他们在自己和小说作者之间设置一个永恒的间距，造成了"我"在其间，又在其外的非凡效果——既非仅仅"观我生"，抑或"我观生"，甚至是"生观我"，意味无穷——形成了多重对视：作者和作品的对视、作品和读者的对视、时间和时间的对视。这样的作品，必须涵有探求生命存在和真相的强烈驱动力；如无此胸襟气魄，如无至刚至柔的功夫，要想华山论剑何其难耳。

鲍贝胆大，《观我生》直取与前述两位大师相近旨意。小说中，"我"有如下独白：

"我的念想是什么？在这个世界上，到底还有什么值得我去眷恋？我一次又一次地背井离乡去远方，去更远更陌生的远方，我到底想获取什么？我又在寻找什么？这些疑问一直潜伏在我内心深处，从不曾消失。它们像魔鬼，时不时闪身而出，命令我突然停顿下来，命令我一次又一次地审视自己。"

通读《观我生》，我感觉小说中的"念想""寻找""审视""出逃"和"意义"，更多的源于作家自身的心理结构。我鲁莽地将作品看作作家心理的某种投射，是对自我本性的一种分析和描补。

在这部作品中，临海的富氧的杭州和高耸的雪域之国互为吸引和对立；情爱和物质互为牵扯；欲望和存在互为角力。小说中，女人的疼痛感来自于"梦"（《红楼梦》的基本母词也是梦），女人的行动力实际来自无意识（恰如《尤利西斯》的思维脉动）；由于"梦"的指示不明，无意识的来源颇为隐秘，致使两个女人蓝莲花和赛壬，在心理结构都显示出缺失和失衡的一面。心理学大师荣格先生长久地沉浸于东方学中,并以另一视角把玩、回味和转译文化精义。在藏文化中具有符号表征意义的"曼荼罗",相应地在某个时刻予以这位白种男人深邃的启示。在荣格看来,把藏传佛教中的神秘图案"曼荼罗",转移到心理学领域,即为"心理完整性的原型与象征",是人在心理整合过程中的深奥转化。假如我们把"曼荼罗"视作心理结构的完满达成,视为人终生奋斗的目标;那么肯定可以得出人的欲望具有先天的合理性和合法性,并且同时具有罪孽感的结论。如此,修行(自我净化)和寻找(有意识或者无意识的行为弥补)的人们,不可避免地在社会和历史中脱颖而出,散发明亮不一的光线。他们之中集大成者,肯定成为某种楷模。在《观我生》中,穿梭于字里行间的人们同样在修行和寻找;作家有时附丽于作品中的人物,有时试图像读者一样旁观,终究如同因果,倚借文字搭就了一架树骨——伸权着枝丫,等待小说中的那些灰影般的人儿找到自我栖落的位置。

这样看来,无论蓝莲花出走杭州置身不丹再返回原点的旅程,还是赛壬再赴拉萨朝佛赎罪,看似混沌,实际有着清晰的心理动力。这种动力来自逆反。来自对高度秩序化和物质化的都市的逆反,来自一种对大多人已经遵循和麻木的人生设计的逆反,来自对于父亲的逆反。与此对应的是,贡布、扎巴、强巴等人的挣扎和救赎,来自另一个方向的逆反。两种性别两种带有不同文化征别的人，在迎面而来、交股结缘、抽身而去的过程中，终于绞扭到同一个着力点"虎穴寺"，可谓殊途同归。对于虎穴寺的眺望和登攀，实是可观你我、可观生死的视焦。

因此，这部小说的原始动力来自人生意义的探究，小说人物的经验，甚至作家本身的经验，无不如一个"团块"那样力图揉捏出意义的形状。"我的意义在哪里？我又一次逃走了。我急切地想为自己冠以一种意义。我需要另一种自由的呼吸。陌生的城市、陌生的人群，对我的生活是一种真切的隔离。我需要这种隔离。我需要走进更广阔的世界。"

就书中人物而言，较之男人们清晰的寻找和救赎之路，女人们则显得更本能一些、更自然一些。梦境理所当然地出现，成为她们起身上路的巨大指引，而"选择性失忆"则给予了她们既疯狂又适度的心理护佑。在我读来，蓝莲花的"选择性失忆"不如称作"无意识的独立性"更为妥恰；或者直接解读为"深度催眠"——是一种关涉文化、心理、精神，还有身体的深度催眠。小说最具诗意的所在，正是其间人物类似深度催眠般的游历。回到"心理结构"，梦和游历犹如氧气，正从另外一种高山反应的情形里补足"我"和赛壬的心理缺失，并且予以抚慰。小说隐伏的叙事动力和心理暗示，在藏文化这个色彩和气味独特的空间获得了别样的意味，这使在其他小说中可能被视作异常的事态，在这里变成了平常。因为，在佛家看来，就算混沌诡异，也是因果相承；而荣格说得更为直白：几乎没有什么事是"偶然"发生的。

好吧。如果没有什么是偶然发生的，那么"我"为什么要独行秘境和险途？刚才我已说过，一切出自对于梦和未知的探求，是出自另一种、另一半的长久呼唤。现在，我们来补足其之所以为其，之所以发生如此行为的直接刺激——那就是"我"或者赛壬对于现实（即自我存在的空间）的整体的不适感和绝望感。鲍贝有几部作品都在刻意观察中国当代一部分已经富足的人们。在她提供的窥孔中，我们发现去除了饥饿、贫乏等带有民族历史基因的词汇之后，这群中国的富人——男人和女人并没有显示出相应的教养和风度，幸福感并没有因为财富的叠积而如莲花般绽放。什么是幸福？瓦尔特·本雅明有一句话说得真好：幸福就是能够认识自己而不惊恐。

在《观我生》中，芸芸众生既很难认识自己，又常常处在一种随时变异和变化的不确定中——不遭遇心理和精神的惊恐是不可能的。由是，我们看到"我"时时处于梦中，即便是带有美好记忆的"恋人之梦"，也隐藏着巨大的危机。而在现实的场景中，塞壬深为自己和哈姆的境遇所困，惊恐的场面在哈姆暗自追踪之后，放大出来：在那个老男人王者般冷静而貌似宽容的掌控中，哈姆其实孱弱如婴儿；来自多方面的压力，早已瞬刻把蓝莲花的心脏压得碎屑满地。

《观我生》中的主角其实是女性，男人类似修行之路的必要加持和参照。这些雪域男性一方面是女性追寻之人，另一方面其实不具备给予女性足够安全感和满足感的能力。一类男人是"父亲"般的人物，过于专注财富的追求，在现实生活中具有统治力，灵魂却是单面的。另一类是贡布等人，带着灵魂的响动，在都市里却只能成为无力的"隐身人"，与现代都市女性有着天然的鸿沟：因为信仰，他们和我，生活在截然不同的两个世界里。也因为信仰，他们把死看得神圣而平淡，死得幸福而安静。而我无信仰支持，没有什么事情可以让我把命搭上。至少到目前为止还没有。

这是一次奇怪的旅行，从离开家门开始，我就跟他们在一起，直至来到不丹。而我不属于这些有信仰的人，不属于此处。

《观我生》强于一般青藏题材作品之处，在于并没有将雪域、寺院和僧侣极端美化——在高处，身在云端的人们同样可能呈现某种扁平和虚弱的状态。在这个层面上，尽管作家对于藏地的人文地理研习不够深厚，却也有效地克服了旅游写作的通病。现代社会中的事物也并非与生命的需求格格不入——在《观我生》中，飞机、手机、Wifi处处印显于雪域，形成对极地的某种勾连和延展。两种类型的文化地理隔岸观照，两种类型的人物隔岸游走，影交水面。双重的观照和补足，形成了小说叙事的张力。虽然我猜到了小说的结局，却仍然为结尾处银行卡显示的姓名一惊：这是一种大胆的猜想和判断——几百年来，在全世界都在上演地方文化的消灭戏。中国近些年来尤甚。那么，雪域一样会被同化、湮灭？或者毁灭和救赎的密钥同是那张银行卡，那只将银行卡递给贡布、再转递给"我"的黑手？这样的暗示，来自作家冷静的死亡观察和思考。

世界在多棱镜中转动。在多棱镜中，转动着那么多人、那么多事物。谁在观我，我在观谁？迷局似的感受，应是大多数人都曾有过的经验。特朗斯特罗姆因此写了一部薄薄的诗集《巨大的谜》——充满了探究谜的热情和信心。这其实是每一部艺术作品的出发点，《观我生》亦然。

当然，这样的探究者必然身具不怕耗损、不畏眩晕的心理能量；如此，方可踏出你所熟悉的地界，进入陌生的领域。我们的心理结构的补足和平衡，在很多时候要靠外界的帮助。有时，形式是激烈的破旧立新、顿悟式的点化；有的时候是交流交融、循序渐进。甚至是性爱，在相互突破对方的皮肤（界限）中实现互为观照。"我们只不过借彼此的身体，将自己点燃，然后各自表述，各自完成。"

《观我生》中有一句话,令我印象深刻:每一个人都是"弥勒佛"。在藏传佛教中,弥勒佛是未来佛。因此,《观我生》中,"我"千缠百绕的记忆和梦境与脚踏实地的游历一样,可能不仅仅都是指向过去的,而是随时都意味着未来;在指向一种秘密的意志和真相。穆齐尔有如下文字可作参照:"那些强大的、久久难平的爱的激情都与这样的事实分不开:一个存在体幻想,在某个他者眼幕背后,发现最为隐秘的自我正在窥视自己。"我们必须从记忆的谜团中脱身,转而进入他人的谜团,并在更为巨大的谜团中耗散和集聚心理能量。

　　这是因为,我既为我亦为你,你既为你又为我。人人都是一个谜语。我们最珍贵之举,即在于勇敢地猜谜,并在猜谜的过程中品尝生命的滋味。

探寻情爱秘径的"异域"旅程

读鲍贝长篇小说《观我生》

▽

李 浩

《观我生》写下的是一次行旅。在这个充满着神秘、陌生、冒险、故事、爱欲和轰轰烈烈的牺牲的旅程中,作家鲍贝更赋予它柔性却开阔的波澜,在娓娓的道来中时见惊心。它让人不由自主地跟随,甚至有些急于知道:下面会发生什么?迎接他和她的将会是怎样的结局?她和他,会寻到真正的安妥么……我用两天的时间将它读完,然后,重读。

单身的富家女,年夜的个人旅行,神秘之地不丹,机场的邂逅和搭讪,恋和爱的故事……《观我生》具有流行小说的一切质地,没错,它具备强烈的流行性,它更会成为某个年龄段少女少男们的获取经验和滋养的必读书,在许多的点上，它都会让他和她们踏入到一场陌生而惊异的"经历"之中，并会将自己对应地在故事中放置——这是一个陌生人的陌生故事，同时也是他和她们的，他和她们在故事中照见自己以及自己的可能，就像许多人在阅读《红楼梦》时的经历一样。我指认《观我生》的流行性并无半点轻视之意，而是确认：它流畅好读，时时有惊奇，并具有某种适度的华美之感。还有一点，它在故事上的吸引力不容忽视。鲍贝在故事上明显是走心的，但文字中，却不显得用力。

"不够顺利"的旅程让我和那个化名Frank的藏族男子开始了共同的冒险，这时，另一个故事插入了进来：僧人哈姆的情感经历。他如何入寺，如何开始了情爱，如何被这份情爱带入都市的世俗红尘，又如何自处，如何得知真相，如何成为……我和Frank一边在异域找寻这个"哈姆"，一边体味和见证着不丹这一异域中的风情与宗教意韵，共同经历、经验着身体和精神的双重"历险"，它们吸纳、敞开、抗拒、沉痛、虚无，故事在波澜中渐上高潮。而此时，并行的那条故事线也起伏得更加激越，只会诵经的哈姆没有融入世俗社会的能力，而哈姆深爱的女人原是被人包养的"情人"，此时，这个女人已经怀上了哈姆的孩子……用"套盒"的方式将另一故事插入并共同前行在以往的小说中已有前例，鲍贝在使用这一方式叙述的时候却让它再次生花，并有了自己的样式：284页，Frank（此时他用另一个名字，贡布）向我承认：哈姆是我。那么frank讲述的哈姆的故事也就是我Frank的经历，——平行的故事在后半段合成一个，但它并不结束。

旅程还在，故事还在，貌似已经并合的故事还有分叉，你们发现在故事的合流处波澜更加浑阔，而新的支流又从中生出。更有意趣和精妙感的是，当Frank与哈姆的故事合流之后，"我"和"我父亲"的故事又一次与之合流，哈姆深爱着的女人也是……同样在284页，这个Frank（或者贡布，或者哈姆）带着酒意再一次说出："哈姆是哈姆，我是我，哈姆是我，我亦是哈姆。就如你是你，我是我，你亦是我，我亦可以是你。"这段带有酒意的话里面饱含深意，抛却其中更为复杂的禅意，我以为它也是说给它的读者听的：这，既是一个他者的故事，同时也是你和我的故事。它，需要我们细细思忖。

从杭州至不丹。书中，鲍贝用散文式的笔触描述着不丹的风物、人情、异域感——它有足够的魅力，甚至让我产生了去不丹旅行的向往之心。然而鲍贝的着力并不在此，她"创造"一个具有流行童话式的故事的目的并不在此，在这篇故事精彩、富有魅力感的小说中，鲍贝更倾心于和我们探讨情感的可能和"救赎之路"。不丹，在小说中不只是一个地理上的异域，多少也是精神上和宗教感上的，由此，这场轰轰烈烈的旅程也就有了更多的复杂意味和精神指向。在她笔下，哈姆曾经是一个僧人，这就给他的身上直接打下了宗教的烙印，让他在其中，出其中，再入其中。她又让"我"有一个重复又不停前行的梦，在这个梦里，"我"有一个心心相依却又有距离的"他"，"他"有一匹马。她还让哈姆的女人死在前往加噶多加寺的路上，连同她肚子里的另一条生命，在偶然和有意之间。最后，那个哈姆，或者Frank或者贡布，和他的伙伴们选择在虎穴寺的悬崖上了结一生，带着或许的罪恶也带着或许的眷恋。"为什么贡布已经不会再爱，他把他的爱都施予了谁？"

对了，我应当说出，小说中哈姆的女人有一个让人浮想的名字：塞壬。它是情和欲，是水做的诱惑，是由在爱情中受伤自溺的女性化身而来，因此，爱和欲从一开始就有某种的"原罪"性质。在轰轰烈烈之后，当他和她面对"现实"，于是就有了厌与弃，就有了别和离，于是就有了……它有着不得不的宿命，这份宿命，针对所有的人。在小说中，鲍贝近乎不懈地赋予情爱以火焰和眩目的美感，又在之后让它沉入更大的孤独和虚空之中。"我仿佛在听一曲爱欲狂喜与死亡呻吟的乐章与佛教曲的二重奏"。

"就如走在这条赎罪的道路上，没有什么罪是不可以被原谅的。生与死，爱与恨，俱在一念之间。""他们都是有信仰的人。一个个都是无比虔诚的佛教徒。但我又觉得，他们却都做了佛教的叛徒。也许，这么多年的经历，已让他们明白，宗教似乎无法自救，亦难以解救任何人。只有死亡，方可以让他们确信他们活着。当他们纵身一跃跳下悬崖的瞬间，也许体验到了一种永远存在的牢固。""或许，他们的信仰，让他们看得见死亡有张漂亮的脸。而现实中的生命，却常常丑陋卑贱、不堪入目。"鲍贝在《观我生》中如是说。她说得真切，漂亮。然而，救赎仅有这一条通向往生的道路？它是道路么？永远存在的牢固又是什么？鲍贝对此或有答案，她将自己的清晰和疑惑，将自己的忐忑和叹息都贮含在她的文字中。

小说中的"我"，"是一个没有信仰的女子，以一个过客的身份"，参与着经历和其中的轰烈感，这个"我"，还要回到旧生活中，按某种的部就某种的班，有了这样一番经历之后这个"我"也许不再是原来的"我"。当这个"我"，将贡布留下的储蓄卡插入自动取款器时，又将经历的是……

心灵史之外

读鲍贝长篇小说《你是我的人质》

▽

续小强

鲍贝长篇新作《你是我的人质》于2011年10月由浙江文艺出版社出版。在扉页的献词里，她写道："——献给我的母亲。献给所有在新时代里爱恨交加浮沉挣扎的父母。"

这是两句诚实而平淡的献词。如果按照出版的惯例来看，甚至不无客套。读完这部长篇，回头再去想扉页上的这两行字，你的感觉也许会有变化，大约有一种说不清楚的复杂的情绪会在你的胸间猛然激荡开。小说所传达的焦灼、动荡、慌乱，乃至人性的挣扎，让人无法释怀。于是我们禁不住要做出如此无理的揣测：这两句献词一定是一种刻意的隐忍的。

在我看来，这是一部残酷的小说。李敬泽说得要委婉一点，用他的话讲："这是关于财富和幸福的令人悲伤和沉思的叙述。"

小说的写作者是鲍贝，故事的讲述者是"她"的母亲；她是"小艾"，她的母亲是"陈招娣"。小说以"春""夏""秋""冬"分章，选取母亲陈招娣作为唯一视角，小说的叙事任务，正如生儿育女以及日常生活的重负一般再次全部交还给了她，小说家鲍贝冷眼旁观，我们则成为听众，聆取她"爱恨交加浮沉挣扎"的心灵史。

我们隐约可知，这位母亲已近暮年。对这样一个"碎嘴的人"，小说家尽可能地保证了她言说的自由，让她"追着那些年代久远却在心里越来越清晰的事"，"把它们一桩桩一件件地说出来"。这显然是她的一厢情愿。暮年之际，被时间氧化的平静下，暗礁和潜流不断，面对越来越不熟悉的生活，面对这个变得很快的世界，她大约仍然没有办法理出个头绪来。

如果让这位母亲一意孤行，可以肯定的是，这部小说将不成其为小说。作为"旁观者"的鲍贝，应该是知道这一点的。视角的选定，决定了"母亲"这个叙述者必须是自由的；而另一方面小说之为小说的特质，则要挟着写作者必须警惕写作的实录化，寻找"自由叙述"的限度。这其实也是一种"人质"的关系。作为被呈现者的母亲，与作为最终呈现人的小说家，成了一对矛盾，互为人质。这部长篇的成功之一点，便在于对此种特殊"人质关系"的协调与平衡。所以，在这些看似杂乱无章的叙述中，我们才不至于迷失，被那个碎嘴的母亲搞得糊涂而心烦意乱。小说家鲍贝的工作，其实也是我们的工作，那就是要"拼贴出"一个母亲的大致完整形象来。在这部长篇中，小说的"故事"和"结构"极为紧密地粘连，恰如界碑和道路之关系。由若干重要事件和若干重要场景的串联，母亲陈招娣的生活、情感和精神世界得以充分展露：家族关系下的城市生活与不断遭到撞击的乡村生活。

家族关系对应的"事件"占据小说的大部分篇章，主要有外孙女出走事件、儿子小坤的离婚事件、儿子小坤建筑公司的一系列"事故"、妹妹才娣的家事，这些事件之外，在母亲陈招娣的口述中，还有对两个人的"描摹"非常重要：小坤他爸和小坤他姐小艾。

每一件事情的发生，透过母亲陈招娣的叙述口吻以及评论语气，我们即可触摸到她的精神世界。小坤他爸和她基本是一体的，她的态度与小坤他爸的行动也基本一致，对小坤他爸不断"制造"的许多"麻烦"，她基本持肯定态度。对小坤他爸偶尔的抱怨，停留在夫妻之间日常生活的"简单冲突"层面，并无价值观的根本冲突。小坤他爸被变相地"遣送"回家，她也紧随其后，在冬天离开城市，离开小坤的私生女乐乐，离开小坤和小艾，从反面也说明他们价值观的一致性。他们是夫妻，是一代人。

小说的"人质"主题，集中于她对小坤、小艾的观察、描述和判断，对小坤和小艾这一代人，她内心的评价，则是不解甚至批判的。她认为他们应该这样，而小坤和小艾的所为，完全背道而驰，中间是巨大的裂缝；她的对，在小坤和小艾看来，则大抵是完全的错。毫无疑问，我们看到的是一个不合时宜近乎专制的母亲形象。我所说的"残酷"正在于此。她颠覆了我对"母亲"一词的想象和理解。从小说的叙事人和小说的题目去推断，母亲陈招娣正是"人质"的挟持者。一位母亲，变作一名"准暴徒"，钳制着他们的生活——读完小说，如此的念头在你心里浮荡，你会作何感想。我于此，是颇为伤感的。我不禁要问，一个本应该最温暖的人，却变作一个最冷酷的人，这中间到底发生了什么？

特别有意味的是，在母亲陈招娣颇为不满的叙述下，我们却能够感受到小坤和小艾对她的宽容和理解。但这种宽容和理解基本是无效的：她并不买账；小坤和小艾所做，其实仅仅是出于亲情，在价值观上他们没有丝毫的动摇，他们的举动更近似于无奈的妥协：他们觉得，他们比自己的母亲更对。

母亲陈招娣的乡村生活，主要有两个层面，黄大仙、三婆大约可作为她精神生活的写照,而拆迁事件则是她存在的现实。在城市中,她无法适应,她孤独地离开,回到乡村,而乡村也即将被拆毁,拆毁的实施者,正是她的儿子小坤。小说最后,"听见哭丧一样的声音在我耳边响起",她离开了这个让她"爱恨交加浮沉挣扎"的世界。

从家庭伦理的角度去看,《你是我的人质》向我们展示了温暖亲情背后特别残酷的那部分,它不一定具有现实的普遍性,但它提示我们那部分的真实存在:一只笼子在寻找一只鸟。"人质"一词,细小如针,满是寒冽的光,让一再回避、退缩、妥协的我们无处躲藏;更像一只粗鲁的手,面无表情地将一直沉溺在温情茧蛹中的我们拎了出来。这的确是一个新的发现——"人质"的肯定,大约可作为对"娜拉走后怎样"的另外一种回答。幸福的彼岸是不存在的,自由也仅仅是一个桃花源,一个乌托邦。永处"人质"的境地,便是我们的命运。我是犹豫的,犹豫在于,我们的一切努力,难道就等同于无助的空中楼阁,等同于通天塔的梦?

中国当代社会迅猛变动的背景,决定了文学创作与研究,代际视野的必然存在。20世纪70年代作家所处文坛位置的尴尬与否,都只是一个文学功名的问题,与创作主体无关,更与艺术评价无关。评论家指出的,他们对日常生活的痴迷以及对边缘状态的叙说,在我看来只是表象,更准确一点讲,是练习与进入的开始。作为被"双重教育"("文革"后正规教育的开始以及家庭教育的"正常化",精神成长期市场化浪潮中的社会教育)的一代,70年代作家对于历史和社会的书写其实是被遮蔽和曲解的。

《你是我的人质》在鲍贝创作之路上的重要性,在我看来正在于此。由一位母亲的心灵史,我们得以进入当代中国丰富而斑驳的社会历史图景。小坤和小艾的生活,处处可见70年代的精神印迹。是人改变了历史,还是历史改变了人?母亲哀婉的叙述和独白之外,总有一个身影时隐时现。这个人的目光,无奈而深情,柔弱却有力。

失根的人们

读鲍贝长篇小说《你是我的人质》

▽

郭建强

1

青藏地区的高悬、空阔和寒冷，促使牧人即使在暴风雪来临策马疾驰的时候，也会本能地在这紧张时刻，因为沉重的云阵投落在大地上的阴影而放慢呼吸的节拍，体味一下自己皮袄护藏的热量，掂量掂量被皮肤包裹的灵魂的重量。

当人们真的这样踟蹰起来，思量起来，冥想和静默起来，宗教、艺术、生活就会绽放出别具意味的色泽和芬芳。这种近似于莲花的整体感，会把一个个单独的声音纳入一场不休不止的洪亮沉稳的鸣响之中；会让一个个孤单的生命相互连接，成为江源巨流昼夜不舍的水浪、水花，和一朵朵水的嘴唇。

以上的描述，其实是我们的一种世界观；也是文学的一种形态，一种观照，一种支撑。你认不认可，其实都没关系。

然而，这样的宇宙观、世界观和对生命的认识，并没有因为科技和商业的强势，而随风凋零。在高悬、空阔和寒冷的青藏地区，寺院星罗棋布；当你踏入桑烟弥漫、酥油灯盏清亮的寺院，马上会和供奉在法台的强巴佛（未来佛）、释迦牟尼佛（现在佛）、无量光佛（过去佛）迎面相遇。三尊共在的佛像，形成一个轮回；这样的叙述，当然激荡着青山绿水、生灵万物的交响。

我们可以把这种叙事，因为源头式的瞻望和描绘——干脆视作人类情感和心灵的某种恒定结构。这样的叙事和结构，带有本然的温暖和激励，有着抚慰我们的巨大能量。

鲍贝把《你是我的人质》，直觉地分为春夏秋冬四个部分，——同样带着轮回的意味，带给读者貌似前述的稳定结构和完满叙述。这当然是表象。进入，才看得清楚：这部小说只是提供过去（记忆）和当下；对于未来，作家似乎并无任何动力去设置半点预想和期望。作家斩断了小说世界的光源——似乎只专注于家园毁弃、亲情疏离和人与人的相互挤压（似乎也是某种人质），最后是叙述人死亡之前的散乱意识。就像在午夜豪华大厅，或是欢歌劲舞，或是无所适从，或是发呆发愣的人们半是清醒，半是麻木地任由灯火一一灭去,直到最后一盏灯火在寒冷中紧张地掠过众人面庞,而后宿命般地无可挽回地灭掉。最后的光亮剜出了什么?不过是荒凉、惶恐和性命的磨损。

2

砍掉未来,而在迷宫般坚硬冷漠的当下翻来覆去,俨然是现代作家的梦魇,他们不断为此发出愤怒喧嚣和忧郁叹息。于是,盘旋上升的但丁,发现宇宙早已不是一个半圆锥体;他成为不断从一个门洞来到相似的另一个门洞的卡夫卡;荷马的音质、音色、音量也大幅变化,通过詹姆斯·乔伊斯的喉嗓,充满了放任、无望和怪诞的气息;迷狂而自恋的屈原同样出现在这个充满喧嚣和骚动的时代,看,他仍然如此执着和沉迷——散发着普鲁斯特的优雅的疯狂。

虽然,轮回、圆周式的写作,其实更多地体现为文学的传统;但是,如《你是我的人质》这般冰凉的文学,仍然会让饱受现代文学熏陶的读者缩紧双肩。

这是因为鲍贝对小说世界的态度带着手术刀般的冰凉温度。小说以叙述者为儿子到上海讨钱忧烦不已起始,以儿子归来却给故乡带来釜底抽薪的致命一击结束。美好的、值得守护和期待的事物,就像别墅花园的草坪被理性地修剪;而能够扭转寒凉感觉的预兆和转折,始终坚硬地躲在作家的内心，倔强地没有在这部长篇小说中出现。叙述人背负着一辈子都解除不了的人生负重感、搓磨感、挫败感正在向死亡走去，这部小说的口气类似临终遗言。

鲍贝的这种狠劲，让我想起余华之狠。只是她的同乡余华多了些忍耐，暗藏了温热的感动和希望。鲍贝真狠，她让《你是我的人质》取消了青春记忆——这是诗意和人性美好的源点之一；取消了对生命本质的感悟和认识——这就抹去了是灵魂的形态和行旅；最后，她还剪切了叙述的快感和修辞的美感。作家不断端出的一盘盘人生杂烩，只是叙述人——那个年届六十、游走于城市和乡村的女人的一段段牢骚、诅咒和絮叨。

这样的叙述，这样的小说意在何为？要知道，这种紧贴小说人物现实感觉的做法，是为很多小说大家不屑为之的。纳博科夫认为，对于一个天才的作家来说，所谓的真实生活是不存在的；他必须创造一个真实以及它的必然结果。

而冷静的加缪则这样言说希望的重要性：如果人类困境的唯一出路在于死亡，那我们就是走在错误的道路上了。正确的途径是通向生命、通向阳光的那一条。人不能永无无休止地忍受寒冷。

纳博科夫甚至极端地认为：所有小说从某种意义上说那是神话。鲍贝为什么要反其道而行之，描画一个取消神话的世情图景？

3

从写作观念和写作意义的角度出发,也许这部长篇和纳博科夫、加缪的观点有所距离。然而,鲍贝回溯记忆的叙述,仍然拉开了一道被我们下意识地捂盖的帷幕。只不过和普鲁斯特《追忆似水年华》是对往日的召唤不同,《你是我的人质》则是用力在描绘过去和现在。

《你是我的人质》时空跨度相当大。在作家设置的这样空旷的一个场中,之所以少见温情和平静,我觉得,这可能来自于鲍贝的现实经验。往大里说,其实是当代中国的特色一种。

我们处在一种断裂的文化中,我们所知的事实,甚至几十年前不言自明的话题,现在也成了一个有疑问的话题。在很多时候,在很多国家,作家这时会责无旁贷地站出来记录、叙述,替众人发声。可是,这个责任,在现今写作中不断被遮蔽。遮蔽的方式大约可分两种:一是躲进小楼成一统的所谓的"纯文学",满纸小玩赏、小趣味、小聪明,误把贫血和麻木当作医治宏大叙事的汤药;二是被规定的模式化的现实主义,浮光掠影、立等可取地在人群拍几张数码照片,就敢称自己是时代的书记员。除去各种强制性的原因,我们不得不承认,当今一大批中国作家最善于的不过是自我阉割、自我矮化和奴化,然后在市场上杀个回马枪，混个三十亩地一头牛。

读者并不买这些作家的账。作家眼里还有没有社会、历史、心灵这些词，到底能不能以身边的材料构建文本；我们身边的材质到底能不能烧塑出神话的质地？这需要发自内心的勇敢喷薄而出，才能尝试。

现在，我们重温一下汉娜·阿伦特眼中的普鲁斯特：20世纪法国这位最伟大的作家是在"社会"中终其一生的。他笔下的所有事件与那个社会所呈现的完全一样，然后被个体重新审视；这些映象和新感知构成了特定现实，形成了"普鲁斯特世界"。《追忆似水年华》从头至尾，个体及其思考都属于社会，哪怕个体隐居在一个无法深入其中的僻静的地方，就像普鲁斯特决定创作《追忆似水年华》时把自己关进屋里那样。于是，占有所有具体事件，把它们变成内在经验的这种生活变成了一面镜子，镜中的映象会揭示真理。

若干年之后，如果有谁回望我们这个奇特的时代，有谁像考古学家一样考据这个时期中国人的内心感受，《你是我的人质》式的作品，将会被当作研究的证据。

鲍贝在小说中捏塑了一群失根的人们的群像。无论是乡村，还是在城市；无论过去，还是现在；无论男人还是女人；无论秉执传统观点，还是紧随社会商业规律，《你是我的人质》都表达了对这个时代的深深忧虑和恐惧。

苏珊·桑塔格说，一本书不仅是现实社会的残简，同时也是一个自成一体的小世界。《你是我的人质》恰恰是我们这个社会的一个切块，从物质匮乏到精神虚妄，冷酷地记录了时代特色。小说的世情叙述，中国经验，通过小说人物难以排遣的异乡感、失根感，传递出了一种强烈的疼痛感觉。这部小说肯定不是纳博科夫所说的神话，但是多少带有加缪和卡夫卡的预言。说到这里，我们可能会对《你是我的人质》，以及类似的作品，心生敬意。

在法国女作家克里斯蒂娃文学观里，"贱斥"（abjection）的概念无疑占据了核心的地位。而塞利纳（Louis-Ferdinand Céline）则是被克里斯蒂娃视为最重要的表达贱斥感的作家。在克里斯蒂娃看来，贱斥文学是狂欢文学发展到极致的产物，表现出痉挛、厌倦、恶心、弃绝、憎恨的感受。塞利纳那种恐怖而痛苦的叙事去除了修饰，赤裸裸地呈现出创伤、腐烂、疾病。但是，克里斯蒂娃谈论的往往也是塞利纳作品中"刺耳的笑声""欢快的笑声""末日的笑声"，与暴力、战争和死亡相对照。克里斯蒂娃从塞利纳谵妄、眩晕的叙事中读到了这种混合了痛感和快感的绝爽体验。这种无法被超越的贱斥感也体现在语句断裂和句法省略上，体现为受扭曲、受折磨的语词，从修辞和风格上打碎了线性，充满了突闪、谜团、纠结和切割……

其实，我个人把《你是我的人质》视作塞利纳的贱斥感的前奏，是当代中国式的贱斥感。是人们面对物质的压力和诱惑之时，尊严的碾碎感；是人们因为本可依恃的传统文化伦理和生活秩序崩溃之后，灵与肉的失根感。因此，我把老叶夫妇固执地要为儿子守家护场视作贱斥；把小坤只能向更大的财富一路狂奔视作贱斥；把小说中那些被时风掏尽了灵魂和脑壳的人们视作贱斥。这是贱斥的第一步，接下来会是什么？

恰恰是因为果决地摒弃廉价的温情和感动，《你是我的人质》以凛冽的寒气，逼迫我们回看自己。谁敢说，作家仅仅是笔录了一个女人的一生呢？法国朗布耶侯爵夫人，曾为她的女友写下如下墓志铭：

> 这里躺着阿特尼丝，为人善良，
> 残酷的命运却对她穷追不舍；
> 如果你打这儿经过，想知道她有多么不幸，
> 只是数数她活着的日子是多少。

写得真好。《你是我的人质》也在替我们点数不幸，点数活着的日子。这样的点数，必然剔除未来，但是更加有力地逼迫我们注目现在的生活和内心。

残酷的叙事

鲍贝长篇小说《你是我的人质》简评

▽

郑　翔

鲍贝的《你是我的人质》是2011年浙江文坛的又一收获。2011年浙江省"青年文学之星"获奖者的颁奖辞对鲍贝的创作有如下评价："鲍贝的小说，善于用妖娆的文字捕捉并生动地表现当下城市上层人士内心深处撕裂的疼痛与绝望，并由此形成一种近乎残酷的叙事风格。长篇小说《你是我的人质》，把这种风格推向极致，它以一种饱含怨恨与悲悯的语调，以一个家庭两代人的情感所带来的、不可避免的人的情感与心灵的撕裂与绝望。这部小说，同时又是一个令人震惊并引人深思的民族文化裂变的寓言，具有独特的艺术风格。"

《你是我的人质》讲述一对来自乡村的姐弟小艾和小坤，

通过艰难的拼搏,进入了大城市的富人阶层,出于孝心,他们把父母接到城里,希望能和他们一起享受富裕生活和天伦之乐,结果却始料未及,两代人"在相互折磨中发泄莫名的惶惑和怒气",最后他们不得不把父母先后送回乡下,但两代人之间的惶惑、怒气和折磨却并未因此而停止。

小说中最"苦大仇深"的是作为叙事人的母亲陈招娣,在叙述中,她毫不隐晦自己对子女的怨恨,并明确表示要用各种手段折磨自己的子女,让他们难堪、难受。而她也确实在不断地采用各种残酷、甚至无赖的方法对子女进行精神折磨,以此获得一点近乎变态的快感。看到了这种反常的情况,续小强说:"毫无疑问,我们看到的是一个不合时宜近乎专制的母亲形象。我所说的'残酷'正在于此。她颠覆了我对'母亲'一词的想象和理解。……一位母亲,变作一名'准暴徒',钳制着他们的生活……我不禁要问,一个本应该最温暖的人,却变作一个最冷酷的人,这中间到底发生了什么?"类似的情况也发生在小坤的父亲身上。

那么究竟是什么造成了父母对子女如此极端的行为?虽然,强悍的浙东性格或许可以算是增强冲突程度的因素之一,但矛盾的关键,自然是两代人在价值观和情感伦理上无法调和的冲突。小说中的父母来自农村,他们的价值观和情感伦理完全是传统的,其核心是中国的"家"文化。在这种文化中,父母是"天",对子女具有毋庸置疑的决定权,也就是小说题目所暗示的,子女是父母的"人质"。

所以,当父亲来到城里,他理所当然地认为,他有权管理小坤工地上的事,所以即便小坤不同意,他还是自作主张地住到了工地上。果然,他抓住了工地上的小偷,他想以此证明自己的正确,但小坤不但没为挨了揍的父亲主持正义,反而当着父亲的面把小偷放了,并且连赶来的小艾也责怪他多事。面对如此明显的是非颠倒,父亲所遭受的不单是价值观被彻底否定的愤怒和惶惑,更让他无法容忍的是他作为父亲的面子和尊严所受到的伤害。这是一个颠覆性的打击。母亲那边的情况也是一样,比如她自以为对小坤的婚姻具有理所当然的决定权,但她最后发现,子女都只是在和她做表面文章,实际上根本不会按她的意志行事,她所遭受的打击自然也同样沉重。而且问题是,对于这样的局面,父母发现,他们根本无力改变。深切的屈辱感,让父母深感愤怒。那么,既然在大的、外部的事情上无力干涉,他们就在家庭内部的琐事上不断实行变相的报复。比如为了让小艾在她的朋友面前难堪,母亲故意不住小艾给她精心布置的宽大卧室,搬到佣人的房间;比如父亲为了发泄被送回乡下的愤怒和屈辱,虐待子女买给他用来做伴的藏獒,直至它绝食而死。如此等等,不一而足。总之,父母成了子女的地狱,反之亦然。

那么,小坤、小艾一辈对父母的违背,是否就代表了他们已完全否定了父母的价值观和情感伦理呢？并不是，他们的选择也充满了无奈，因为在做经济社会价值观的"人质"和做父母的"人质"之间，他们只能选择前者。在子女和父母的价值观之间，至少存在两个根本性的冲突。第一，在子女看来，个人的价值是最大的价值，只有自己才对自己的行为具有决定权，子女不再是父母的"人质"，他们不会放弃对自己的生活的决定权；第二，在当下的经济社会，利益是最大的原则，小坤之所以放走小偷，是因为小不忍则乱大谋，父亲的正义原则在这个社会里已经不合时宜。但是，作为70后的一代，小坤和小艾的身上并非没有传统的价值观和情感伦理的因袭，他们接父母入城本来就是出于孝心，而且，即便是他们不得不把父母亲先后遣送回家之后，他们仍然试图以买藏獒、给大笔的钱等方式来给父母以安慰，弥补裂痕，而父母也并非没有感受到子女对他们的怨恨的宽容和理解，但他们之间无法达成和解。

于是，小说迎来了它的结尾。在父母回家后不久，小坤再次回到了老家，但这次他是作为父母居住的农村拆迁工程的中标者回家的。虽然他希望父母能回到农村过上安稳日子，但为了自己的事业，他必须有工程。这就是问题的复杂性和残酷性所在。也就是说，作为经济社会的"人质"的小坤，他的行为实际上已经无法自主。于是，矛盾进一步激化。

小说最后，面对前来拆迁的小坤，母亲手持菜刀咬牙切齿地嚷道："你敢拆我们的村庄，我就敢杀你！今天我要是杀不了你，我就死给你看！""我就死给你看"是母亲的叙述中反复出现的话语，因为对已经处于弱势的上一辈来说，身份已经是他们唯一的资本。但一切已无法逆转，母亲由此晕厥，在生命的最后一刻，她感觉小坤喂她的水"就如冰冷的血"，并"听见哭丧一样的声音"在耳边响起。

结局的残酷无以言表，但是，在这最后一刻，谁是胜利者？谁都不是。因为，小坤并非不想孝敬自己的父母，所以，与其说是小坤把自己的母亲推向了死亡，不如说是现代社会把两代人的情感和灵魂一起撕成了碎片。这在某种程度上，就是当今社会文化发展的一个缩影。所以，《你是我的人质》虽然写的是一个家庭内部的爱恨纠葛，但同时又是在以一种极端的方式，演绎着一个令人震惊并引人深思的民族文化裂变的寓言。

《你是我的人质》在小说叙事人的选择上，也颇费心思，而且是比较能显示出鲍贝小说的叙事风格的。据我猜测，这部小说的故事原型来自于鲍贝自己的家庭，她就是"小艾"，她的母亲是"陈招娣"。小说之所以采用母亲的叙事视角，我想可能是出于以下几方面的考虑：首先，在众多的家庭纠葛中，母亲所受到的伤害是最深的，因为她的性格是最激烈、最直接的，所以她作为叙事视角，能够最直接、最充分地表现其内心的疼痛、屈辱、怨恨和悲伤，以及两代人之间冲突的残酷性。

而这种直接和残酷，正是鲍贝小说叙事的主要特征。其次，作为饱经情感折磨的当事人，这样的视角选择，也可以避开由自己去叙述可能会有的偏见和火气。选择母亲作为叙事人，能更加贴近父母的视角去看问题，这不但暗含着子女对父母的宽容和理解，也更易于做到艺术上的客观与平静。这样，我们也就更能体会小说扉页里那献词："——献给我的母亲。献给所有在新时代里爱恨交加浮沉挣扎的父母"的复杂含义。

再一方面，这部小说所要叙述的主要是家庭琐事，所以由"碎嘴的"母亲来做片段的叙述，更易突出各个情感的爆发点，加强小说的情感疼痛度。而且从以往的创作来看，结构本来也非鲍贝的强项，这倒是一种更符合她自己风格的做法。总之，《你是我的人质》是鲍贝创作道路上一部很重要的、风格鲜明的作品，也是一部具有当下时代典型意义的作品。

爱的无望与挣扎

鲍贝中短篇小说的气质及其他

▽

续小强

很明显,鲍贝的小说所走的并不是一条经典化的主流路线。更准确一点说,从目前来看,她还沉溺于此,尚无明显改变的迹象和动力。什么是经典化的小说路线?很难下一个确切的定义。在中国的文学语境中,所谓经典化从来就是有它特定的含义的。诸多文学史的描述中,张爱玲、钱锺书以及后来的金庸,他们作为经典背叛者的形象而确立了经典化的位置;而沈从文、废名等人作品的命运,则带有世纪哀歌的色彩。这些个例子,大约可以作为这一"特定含义"的反证。由非经典化,而至经典化,或者说,由不被承认的经典化而至事实的经典化,恰恰是文学发展的诡异之处。这一诡异对于中国现代小说的百年身世,在我看来，还是过于平淡了，不至于那么残酷得不近人情。

"特定含义"之中，小说的皮肉，无疑是一个极为重要的指标。写什么，不管是从政治的角度去看，还是从文学的角度去看，甚或从小说家自身的角度去看，都是一个至为重要的问题。这个问题，有些时候带有特殊的命定的色彩。这个命定的色彩，必然是和小说家相关的：出身，或是你所处的时代，等等一切与小说家相关的标签，都会有甚大的影响和制约。由此看，以代际划分写作群体，并不仅仅就是一个"断裂"或"命名"的焦虑问题。而是一个文学的事实。鲍贝的小说，用她自己的话来讲，是在写"生活在城市深处的人"。这些人，再具体一些，是游手好闲的人，如《松开》中的"我"；是所谓的现如今的金领成功者，如《空瓶子》中的男人、《我爱张曼玉》中的"她"、《撕夜》里的孙曼玲、《曼陀罗》里的杜丽、《四婶》里的四婶；是处于城市边缘尚未与城市建立联系的"男孩"，如《曼陀罗》中的小刚，《四婶》中的杨帆，《瘦楼》和《我爱张曼玉》中的男主人公，有一点点不同，但完全可以看作"小刚"和"杨帆"出场的前奏。

在鲍贝的小说中，"城市"，只是一具不值一提的皮囊，极少正面的写实主义的描述，而往往被虚化为背景而存在，这和现如今与城市相关的小说绝无不同。酒店、租住房、别墅、酒吧等可发生故事的场所，成为小说中城市的代称。

我们完全可以推断，70年代小说家对于城市的态度，已不是一种绝对拒绝或暧昧的迂回态度。他们深入其中，城市已成为他们每日必须要面对的一个功课。物质化的城市中，唯有写作，或许才可抑制无底洞式的一再陷入，唯有小说，才能发现我们可以被坚持为信仰的精神品质。尽管，如此的抑制与信仰的获得，经常是以崩塌与坍毁为前提的。

《曼陀罗》和《我爱张曼玉》的故事链，是莎菲女士所不能想象的。网络恋爱的确是恋爱学的新物种，它挑战了小说虚构的霸权，引得无数小说家正与之奋力搏杀。

《曼陀罗》中，因为"小刚"在现实中见面后（不是网络上）一句不经意的玩笑话，杜丽失望之极，"只觉得一阵恶心"，看到"夏日里的小雨总是这样的，来得匆匆，去得也匆匆"。最后拨通公司电话，将那座本要准备盛放爱情的华美别墅卖掉。《曼陀罗》在网络爱情小说的外表下，其实一再检验的仍是爱的古老本意，追问的仍是一个老问题：爱，怎么就突然跑掉了呢？所以，这个短篇，所有的铺垫，一切的准备，大概都是在为了释放小刚的那句玩笑话："我们俩坐在这里，外人看起来，你是富婆，我就是被你包养的小白脸，像不像？"这句"玩笑话"，以"像不像"作结，是很有意思的，这和"你爱我吗"这个经典问题其实可以看作是一个新的同义句。这可能是鲍贝关于恋爱学的重大发现：语词之矛，其实大过人性之盾。

《我爱张曼玉》比《曼陀罗》要稍微复杂一些。《曼陀罗》中的"小刚",除了那句话,鲍贝似乎对他并无多少兴趣。而在《我爱张曼玉》中,鲍贝对这个男孩倾注了许多"热心"。"我不是张曼玉"的心理,写得极好,是放纵的笔调,50多岁的女人是否能够如此姑且不论,但在小说中,我们的确是看到了她所展示的一个年老女人无爱的大荒芜。男孩,大约18岁,在网络上也是放纵的,在现实中却相反,学校中的他几乎就是一个马路上不为任何人所注意的透明人。但他主动出击,于是他们爱上了,在网络上死去活来,在现实中的见面会却发生了"障碍"。障碍的制造和解除,主动权显然在"我不是张曼玉"手中。最终在黑暗的房间内的豪华床上,他们的爱得以"实现",整个过程小男孩流着泪,眼里透着"悲绝的光",可仍是"来得匆匆,去得也匆匆"的结局,最终男孩杀死了"我不是张曼玉"。男孩制造了轰动,在小说的结尾,鲍贝用男同学的"敬畏感"来回应这个"轰动",这显得特别意味深长。虚构的荒诞下,其实隐含着的,是爱的真实、具体和脆弱:真正爱的实现,从来都是困难的,也无必然的路径可寻;"噙着泪"的男孩就是在小说中,显然也是滑稽的,但他的杀戮行为,却符合一个人对爱失去信心之后的无望无理本性。真可谓情理难辨。这个小男孩刹那间升华为爱的伦理学家,他以毁灭自身的暴行向我们撕开了爱的伤口、曝光了人内心的真相，我们该不该向他致敬呢……

《深井里的蛇》与《撕夜》大约可归为一类，涉及了婚姻的话题，而无一例外，它们都是"失败的"。大概也是必须失败的。好看的小说大多充满了残缺和不完整，我们把这种不完美扔给小说去管，仿佛如此我们才能够获得安慰。小说家往往看轻事实的婚姻，他们随意编几个故事就摧毁了神圣婚姻的殿堂。他们居心何在？小说家大约都是无神论者，因为他们不相信任何的拯救可以实现。如此说来，他们可能是潜在的反动派。他们争夺的，是世界的解说权。我们为什么不能去夺取，而只能在一旁观望，那可是我们自己的生活。也许，根本的区别在于，我们相信神话，而小说家，从来不相信神话。当然，小说家们大概从来不会如此公开地宣布。他们不会强迫，他们的观念支离破碎，只在故事中，所有的意义，都只能由我们自己来拼贴。

《深井里的蛇》，由一个突然而至的事故，主人公秋芸的婚姻生活陷入危机，进而波及她关于爱和生活的态度。她一直在心里问：如果交通事故中的她换做现在的自己，她的丈夫董敏会不会也像之前抛弃曾为女朋友的"她"一样而抛弃自己。这个故事让我们看到一个美好婚姻是如何化为灰烬的，与之相连的，是爱一步一步如何走向破灭和不可能的。小说不再是战斗的冲锋号，早已转化为日常伦理的手术刀。秋芸的问题，实际上可以置换为：现在的婚姻生活，是爱的真相呢，还是爱的假象。董敏同学方宇的存在，是对秋芸的一个提醒：你可以以自己的自主的行动去回答爱之真假的问题。但秋芸没有去做，她的行动止于对现实事故真相的追查和内心世界虚无的审问。"那是怎样的？"秋芸的疑问将一直持续下去。

到了《撕夜》的故事环节，秋芸变作孙曼玲，方宇变作郑自青，他们较前者更多主动，正如小说标题所暗示的，秋芸与方宇耽于深井里是否有蛇，而孙曼玲和郑自青则更渴望"撕"开"夜"。"撕"，毫无疑问是一个很残酷的动作，更是一个极有难度的动作。如果上述可作为《撕夜》的目的的话，在我看来，鲍贝的努力并没有得到回报，我所看到的，只是一个失意女子（她的老公和她曾经的部下地下婚姻并有了两岁的女孩）的夜游和回忆。借孙曼玲之口，她一再提到了命运二字，就是在小说的结尾，也仍不忘让测字先生出来，这能说明什么呢？与在现实生活中的命运相比，小说中的"命运"大概不是说说就可而已的。

在鲍贝的小说里，隐约可见一条特别明显的红线。在上述的"分析"中，也约略涉及了一些。这条红线便是，爱的无望与挣扎。她是否相信爱，这是一个私密的个人问题，但在小说中，她一次次地打击了我们对爱的信心，却是不争的事实。这的确有点残忍。在她的小说中，你几乎不会获得任何的慰藉。读者完全有权利拒绝阅读，评论家也足够有理由不做评论，但对于小说的写作者来说，如此的选择，一定也充满了无望与挣扎。当然，一定还有痛苦。生活一定该按生活的路子去走，那么痛苦呢？如何选择书写的方式，这也是一个很残酷的问题。

《空瓶子》充满了多种解读的可能。对"爱的无望与挣扎"的表达，抽象而深刻。这大概也是这篇小说登上《人民文学》，随后又入选《2010年中国短篇小说精选》的缘故。酒瓶子是物化的，在酒吧里，未饮完的酒瓶被贴上标签存起来，"这些不同的称谓像一串符号，串起一个纷繁的世界"，"这些酒瓶子"就像不同身份的人，"以各种姿态汇聚在一起"。酒瓶子是象征化的，男人（陈先生）不断变换喝酒的酒吧，存下不同的酒瓶子，发去大概同样内容的短信，邀短信的接收者们（这也是他的朋友）来喝酒，可这些酒瓶子从来没有被人打开过。酒瓶子，盛满与空置与否，它都是人性化的；男人独自一人搂着空酒瓶抒情的细节，换做谁也是笑不起来的。《空瓶子》和鲍贝大多小说放纵的笔调不同，它一再克制着寒冽的本性。借用她的精妙词组，这篇小说触及的，大概就是"永恒的夕暮薄冥"。

我特别喜欢《松开》这个中篇，但很难讲清楚理由。《松开》带着浓重的雾气，在雾霭中，"我"和"她"忽而近，忽而远，忽而缥缈，忽而实在；梦的脚粘连着现实，现实又腾云驾雾,有如祥云托举。故事的叙述被抒情的笔调掩埋,空灵的意境中,却又出现引人遐想的舞姿。在两性话题的书写上,《松开》的美,用她"精雕细刻的刑罚"来形容是再恰当不过了。

鲍贝的小说,城市搭建的幕布,作为单一的背景,其实暗含着特殊的危险。专注于同一主题开掘的同时,极容易陷入同义反复或者说自我复制的境地。在《瘦楼》中,事实上,我看到这种危险已经在发生了。

《瘦楼》的故事,与其他中短篇相比,"终于"有了历史的背景,虽然很淡,但依然引人做小说之外的联想。小毛的父亲参加过两次越战,临终之际将他召回,小毛得到一张"图纸",父亲临终所愿,是让小毛按图索骥,找什么,父亲没有交代,小毛设法踏上行旅,在如图纸所画般的瘦楼里与一个女人神奇相遇。与这个女人"相遇"之前,我没有想到"相遇"之后会发生那般身体接触的故事。所发生的这个"故事"无疑是突兀的,但我认为,更为重要的是,这个故事的发生,似乎并不合乎这篇小说的逻辑。"相遇"之前,我觉得一定会有新的内容出现,但在"相遇"之后却仍是之前许多小说最终的"落款",如此机械的拼贴,我想正是"故我"太强大了,它一再要回去,回到老路上去,于是"新我"缴械投降,危险步步紧逼。

鲍贝的中短篇中,对性爱的叙写同样是一个绕不开的话题。而"该不该做爱",其实对任何小说而言,都是一个大问题。70年代作家中,这个话题也是非常重要的。我的态度倒不是"该不该"的问题,我想首先是需不需要的问题。不是人需不需要,而是小说需不需要。仍如《瘦楼》的后半段,小毛与那个女人的身体接触,我认为就是不需要的。

鲍贝的中短篇小说中,经常会出现少妇和男孩的爱情奇妙组合,这是一个颇有意思的话题。鲍贝的这个"组合"可做多样的解读,但在我看来,这个"组合"该是有她的刻意的。刻意背后,该是隐含着她对现实的深重怀疑,更准确一点讲,是她对爱的不信任;无望和挣扎,以致虚幻,在她看来正是爱的底色;她笔下的每一个男孩,在最初大约都是干净的、清新的,但一进入现实,无一幸免终被俘获,所显露的狰狞面目,与已遭现实物欲污染的男人并无二致,也许在她看来,他们都是折断爱情的火柴棒而"沉沦"的堕落天使。

由此,一个更为棘手的问题终于出现了:小说的无望与挣扎,与小说家的无望与挣扎,是可以画等号的吗?

每个人的罗马

读鲍贝《每个月的罗马》

▽

续小强

春天时,我读过这部小说的初稿。除非在博物馆中,大概只有很少的小说家会把自己的初稿展示出来(就像袒露一个人早晨的卧室);所以说,这是一种幸运。也可以说,我受到了与一般读者不同的礼遇。但与这种幸运不相称的是,那时初识的印象却是很难寻找了。如果把那种印象当成一束光,它是消散幻作彩虹,或是隐匿于轻雾,已难说明。

这似乎再次提醒我,日常日子里每时每刻那无自觉的令人恐怖的遗忘,仿佛不忠的枷锁。过去在哪里,真的难以确认。即便对于现时、此刻,我想我们刻意地把握也仍是没有信心的。

再次读,已是秋天了。有时晴空秋阳高照,有时阴郁微雨拂面——它是那么那么的深情款款。我的阅读，竟然变成了回忆。从头到尾，用眼睛推着那些轻慢的语句往前迈，就像是再一次细致的清点，过去那些点滴时刻的懵懂。我一遍又一遍地看着自己，就仿佛，我已是这部小说的一部分了。

小说也是从秋天开始的。在春天恣意浪漫的时候，她取了些许春水，润湿了笔，却掉转了头去，蘸了洇开的秋时的积墨，由着它的性子，缓然而书。这个开头，散漫得很，也自在，如撑着一把小花伞往秋天的雨雾中走去了。无边落木萧萧下。秋天是让人沉静的。沉静也许是她所认为的"倦怠"的另一种积极的表达。沉静而至空旷，就该沏上一壶陈年的熟普，温热了心肺，遥想尘封人事。事未知，人已来。这个人，便是她这篇小说中所说的"李艳"。

我所读过的初稿，人物也唤作李艳的么，真是忘记了。现在，闻着桂花香，我真是越发讨厌这个名字了。有些名字，确乎不应该走到小说的世界中来。若把林黛玉的名字唤作林燕燕、李丽丽什么的，就真是可惜了《红楼梦》。而先锋派，好像就该是从那个叫马原的汉人开始的。小说有时候还真是固执，那么的不食烟火：仿佛疏离，就正该是她的宿命。此刻，"李艳"这个名字是如此生硬地硌在那里，像极了一片胭脂蹩脚地敷在一个女人的脸上。不那么美好，甚至不那么友好。

也许鲍贝是经过了考虑的。从一个创作者的角度去要求，她也必须负起命名的责任。鲍贝讲了许多"李艳"在中国的琐事，琐碎、絮叨，只能让人不断加深对这个名字的厌烦。厌烦到最后，也就释然了，许多故事集合起来，似乎在暗示我们，"李艳"也就只能配得上这个名字，她名副其实。更准确些，是在中国，她的这个名字名副其实。后来呢，她嫁去了国外，名字也改了，英文为 Rose，音译过来，便是露西。

这，在小说的后半部竟然是发生了。同一个人，不同的名字。在域外，她仿佛从一场漫长的蝴蝶梦中醒来似的，终于看清了自己，终于对自己的名字刻意地强调起来。"李艳作了个打住的手势，命令我：叫我露西。"这一段话，如果放在《文学概论》的考试中，一定会被终于戴上了花镜的老学究准确地抓住，像发现一名罪犯一样把它拎出来严词拷问：这说明了什么，或者，此段作者有何深的用意？猫和老鼠的游戏上演，娜拉出走与归来的陈词滥调也就再一次开始。

可李艳就是李艳，露西就是露西，娜拉关她什么事？我不知道。估计她也不知道。个性的觉醒乃至解放，从来就不在现代文学一类的教科书中。答案在答案中，答案在杀气腾腾的对答案的实践中，而永无终结。大先生雄赳赳地演讲完,换下长衫,也就寂寞而开心地吃起了茉莉花茶。

"李艳"和"罗马"关系不大,"每个月的罗马"只能属于"露西"。而"罗马",又是一个无限隐喻迷宫般的名字。啊,一朵玫瑰花,一座罗马城……

这部小说确实过于散文化了。以季节来比喻,它倒不是秋天的清爽,而是蔓延着春意的慵懒。都说条条大路通罗马,可这部小说中的罗马城就是迟迟地难以抵达。真到了,门又关着,似乎在唱着空城计。

"到了秋天,我去欧洲旅行。

"我是在抵达罗马这座城市之后,才忽然想起李艳和李艳的小说的。"

又是一个秋天。罗马出现了:

"你赶紧过来看我,我把我的故事全都讲给你听。"

而这个时候,小说四分之一的"时间"已经过去了。

即便拥有足够的耐心,面对疏松如此,我不禁怅然若失。当然,因为是重读,我才会突然注意到她叙述如飞白般的久远。我想,如果没有信仰的支撑,任何一位小说家,都会对这不得不的"耗费"投降。从消极的意义去看,珍惜时间与浪费生命毫无二致,而从积极的意义去看,对于小说的生命,必然的耗费正与珍重时间、生命等同。如此"耗费",我想正是叙述的真意与小说的魅惑所在。

叙述是叙事的肉身，而叙事才是叙述的精神。在西方哲学看来，正是借了叙事的天力，人在克服了无助、恐惧之后，才获得了想象中的幸福的安慰。讲一个故事，由这个故事认识你自己。而我们的旧小说，都有一出戏的底子：看戏，戏出戏外，反求诸己，多了层转换，说教的成分多了些，还是和"己"有关。因了这一个，我们的生活有了盼头、念头，有了参照、对照，不可捱的日子并无改变，必死的重负仍在，而生命的感觉变了，世界变了，活着，似乎有了新的意义追求。

多数小说家都自称从未如此想过。也许是吧。如果这样，小说写作真就太可怕了。在读者的一方，如果读小说读到如此的程度，大约就快走火入魔了。

而事实并非如此。在这个问题上，我认为，小说家无疑是说了谎的。他（在这里，应该首先是她）说只要你读得"舒服"就好了，没有那么多高深的话题意味。可穷究起来，真正的潜台词是，他（她）乐意于对你的钳制，哪怕是无意识的，但小说完成之后它就已经存在了。必然存在。而不是为了"中魔"（这有如饮鸩止渴），我们为什么又要去读小说？非如此，小说这个物种已无存在之必要，它早就该灭绝了。所以说，恍然而生的缥缈感，即便缥缈，它也是真实的。甚或，它就是存在本身，生命的真相本身。

多么若无其事，你看，往往就是这么一句：我把我的故事全都讲给你听。我们的耳朵就软了，心就热了。

在这部小说中，说是"讲"其实不准确，李艳而由露西的故事，更多的是经由"我"的"看见"而串联起来的："我"去了她的家，见而生疑，她也在讲，但是有女性自尊的保留，她的袒露，更多在她的小说中，也由此，"我"看到了真相。

鲍贝以变换字体的形式，将她的小说"抄"给我们看。从最终的结果看，有明显的作用，从叙事的编织去看，意味也是存在的。但没有得到充分的强化。如小说中言，"我"认为露西的这部小说太过于自传化了，或者完全就是她的自传。这是显然的。如果，在露西自传小说的部分，让小说的叙事度重些，而让自传的形式感弱些；内部——露西的小说，如果比外部——"我"的小说更像小说，这座罗马城就一定是会有新的传奇了。

在嫁去瑞士变成露西并写了《一个人的罗马》之前，她也是一个人——"一个人的中国"。李艳在中国并没有获得爱情。当然，也没有婚姻。她主动追求过，都以失败告终了。对于中国男人，她彻底地没了信心。不过，她对于爱情，仍是坚定的。要不然，她不会遇到她的异域心上人。

"李艳说，我对中国男人，早在多年前就已经彻底绝望了。在我看来，他们都是些自私自利的小男人，完全不懂得女人和爱情，跟他们真没什么好计较的。我现在遇到了保罗，才觉得遇到了真正意义上的男人。他的包容、宽厚、平实、真诚和慈悲，是在中国男人身上很难找得到的。至少，在我认识的那些中国男人身上绝无仅有。"

鲍贝同样是女性，她是否也同样持有如此女权似的偏见先不论，单从小说中去看，保罗确是具备这不一般的美德，他们的生活在"我"看来，确实充满了幸福与甜蜜，以至于，"我"反观到了自己的无力和脆弱。然而不幸的是，看似必然的幸福，却陡然起了波澜。从"一个人的中国"到《一个人的罗马》，李艳的名字变了，她的命运却仍无常。保罗，竟然存在性的障碍。她的爱，再次空下。李艳，还是李艳。

性，没有升腾与升华，反而成了爱的障碍。无性之爱，便是无爱。是否如此，这确有深入探讨的必要。这或许不是小说家要做的事情吧，但在小说中，李艳是这么认为的。她陷入了绝望。于是，一个人的罗马之旅开始了。

"小说里的主人公一趟一趟又一趟地往返于瑞士与罗马之间。开始时，她心有期待，带着隐约的出轨意图。然而，自始至终，她都没有在行为上出过轨，一次都没有。"

她写她在罗马度过的一个又一个寂寞的日子，遇到又错过的一个又一个意大利男人，以及和那些男人之间发生的一桩又一桩的事情，但从未发生过男女关系……

李艳真是这么做了。她孤独而决绝。性已快餐化的当下,她的坚持到底,显得荒唐、不可理喻,甚至背离常识。但这正是李艳。从中国到瑞士,名字变了,她其实没变,恰如她所说,那么斩钉截铁、绝响似的话语:"我不是一个随便的花朵。"

但最后李艳还是妥协了。她似乎是为了生计而妥协。

"似乎"是因为,这只是她所确定的妥协。在她的小说《一个人的罗马》中,她所认为的物质基础的妥协理由其实并不是理由,因为李艳不是"随便的花朵",在中国不是,在域外就更不是。她在小说中那么去说,只是故意的遮蔽,对她自己,也对"我"和我们。

她的妥协,只是对自我命运的发现。在中国,如果她愿意,她可以随时献身出去,她的身体没有特殊语境的桎梏,唯有自身道德律令的压强。在身体无限自由的时候,她选择了爱,爱情的追求给予她限制。她由爱情走入婚姻,爱就要完全彻底地实现了,身体却出现了问题,进而一步步放大,那种恐惧或者不满,并不少于在中国时她无爱的处境。

起初,她认为爱是最重要的,后来,她又看到身体是必不可少的。爱与欲,竟是如此两难。她的"挣扎"与"惶恐",皆源自她对此的茫然。为了幸福地活下去,她有解答的必要,但她却无解答的能力。这个死结并不仅仅是缠绕她、缠绕"我",这个死结,已经困境千年,而且,还要万年继续死结下去,成为困扰人类亘古不变的精神遗产。

李艳是可以走出去的。她的每个月的罗马,她轻佻但美好地谈起那个轻慢过她的诗人,那时她就已经走出去了。她的灵魂轻逸,身体却停在原处。她后来茫然的妥协,灵魂消逝,身体却获得了永恒的存在感。她绝望,她哭泣,她在为我们每一个人受活。她是李艳,也是我们每一个人自己。

灵魂毫无疑问是重要的,但没有了身体,灵魂将栖居何处?

小说中的另一个人,是"我"。

在和李艳聊到"倦怠"与"恍惚"的时候,"我"的感觉是:"我很奇怪此刻站在桂花树下,突然为李艳的这句话感到悲伤起来。更奇怪的是,我觉得说这句话的人应该是我,而不是李艳。"

"我"认为李艳是幸福的,她的生活自足而美好,值得为之庆祝为其祝福。

"我在心里默默祝福李艳,却为自己黯然神伤。我的愿望如深渊,不可实现,甚至无法清晰它本来的面目。"

如此的调子一再重复:"我的每一个日子,都是重复,了无新意,毫无意义。我一次次地去远方,去更远的远方,然而,回来之后,仍是一无所获,仍然回到独自咀嚼倦怠的茫然之中。"

李艳如彼,"我"如此:拥有了身体,又将如何安置灵魂?

大家都爱卡夫卡,可有谁愿意像他那样过活呢?在这个秋夜,寒露未至,圆月将至,写完这篇文字,无端地就想起卡兄弟说的那句话:

把握这种幸福:你所站立的地面之大小不超出你双足的覆盖面。

若如此,身体与灵魂便同一了吧。

关怀每一颗孤独的灵魂

评鲍贝小说

▽

雷 达

在此之前,我从未读过鲍贝的作品,不料拿来一看,大感惊异,她的创作与我熟悉的领域相距甚远。我无异于闯入了一个陌生的甚至有失语危险的领域。我自忖平日留心较多的是社会历史内涵较为丰厚的、偏重于宏观性、史诗性的长篇作品,或那些指涉底层、历史、乡土、普通人命运悲欢的各类作品。但鲍贝与之皆不同。她的领域该怎么描绘呢?也许是:都市,而且是存身于都市里的某些畸零的、有闲的,有心灵创伤经历的女性和男性。至少现在我看到的作品大抵如此。例如长篇《伤口》《爱是独自缠绵》,中篇《松开》《我爱张曼玉》,短篇《空瓶子》等。

我们是否可以这样描绘鲍贝:她是一位对身体和性别、

性爱和冷暖甚为敏感的,以都市女性或零余者为描写对象的,以性爱体验为动力源的,进而书写深度隐秘的精神活动和心理冲突的70后作家。

的确,她的笔墨是比较大胆的,敢于撕开来写,有时直抵一个人的隐私的最后角落。我看她的长篇《伤口》和《爱是独自缠绵》里面的人物,或有乱伦的隐痛,或有多角爱的困扰,含有很强的"小资"情调和女性意识的展露。她的小说让我想起了现代文学中注重感伤抒情的传统,想起了比如凌叔华的心理小说或郁达夫的写"性的苦闷"的小说之类。当然只是想起而已。

鲍贝的小说,是属于"写自我"的一路。事实上,任何创作都离不开写自我或通过自我。但鲍贝的"自我",虽不是只指作者自己一人,但在社会与个人的关系上,囿于狭窄的个人情感经验和内心活动,范围的确比较窄,不大向窗外的世界多看几眼。于是,她常常使用的是内心视角,基本不借助外在媒介,主要表达人物的性爱感受,或者把性爱作为打开人物的通道。她笔下大都是一些精神上处于极为孤单苦闷境遇的人。她写性爱,不再是展示"性的苦闷",或人的本能欲望得不到正当满足的痛苦,也不再是陈腐的道德如何对人性合理发展的压抑;她的人物在性上其实是很随便的,性和爱可以分离,性是多元的,爱则很难说,似乎无法不因为"爱的缺席"而痛苦,找不到安顿心灵的位置。她的人物在陷入无聊和空虚的时候，身体就派上了用场，他们求助于身体，以释放烦恼。但身体不可能永远解决问题，到头来却是更大的空虚。

比如中篇《松开》，女主人公总是"需要被一个男人带回家"，这是关键词。她是个桥梁设计师、外来者，没有亲人，极少可信任的朋友，缺少亲情。她不断恋爱，不断失恋，每次都回到小说中的男人"我"身边，但又绝对不考虑与"我"恋爱结婚。她借"我"的身体寻找平衡，像倒垃圾一样倒空心中的委屈，然后离开。她爱过好几个人，先是和摄影记者，后是和一个形象设计师，再然后是一个作家，都失败了，她自问我爱过吗，答案是无爱。最后一次，她罕见的失约了，没来"风吹过桥酒馆"见"我"。也许因为她彻底"松开"了。叙述者说，她可能有几种结局：当尼姑，疯了，或自杀。《松开》通过倾诉者和聆听者这么一种关系组合，发现了一些以往很少注意的东西。

《我爱张曼玉》更有一些惊心动魄。但我相信它的真实性，所谓人人都有一个传奇。一个心理扭曲的女经理，五十多岁的老女人，表面风光，内心荒凉，于百无聊赖中，却网恋上了一个十八岁的小男孩。男孩说，我就爱成熟女人，像张曼玉那样的；而她的网名叫我不是张曼玉，不无挑逗。匿名使她变得厚颜。她约见了他。她走火入魔，沉睡多年的身体，咣的一下打开了，甚至分不清哪是虚拟世界,哪是真实世界。故事结尾是这个男孩把她杀了。小说着力刻画特定环境下心理的变异,灵与肉的冲突。

鲍贝写的比较有意味的还属短篇《空瓶子》,有一点哲理,包括对社会人生的思索。《空瓶子》写了一个形单影只的男人陈先生,好像有好多朋友,其实没什么真正的朋友,他极度苦闷、空虚,于是泡酒吧,买洋酒,什么威士忌、路易十三、伏特加,然后"存酒",且必须存到最显眼处。存后群发信息要朋友们随意取用,于是得到了一大堆感谢。可是谁也没有动过他的酒。有天他很苦闷,把一瓶酒喝干了,非要把空瓶子存到酒柜里。结尾是"陈先生好久没有来了"。有点孔乙己的味道。这部作品写了人与人的隔膜,有一种荒原之感。

由鲍贝的小说,我想到了关怀人的问题,以及关怀人的问题先于关怀哪些人的问题。在当今,精神疾病日益增多,她的人物多是精神上的畸零者,抑郁患者,孤苦无依者,关怀他们,也自有意义。鲍贝的视角非常契合她个人的感觉,并能赋予她的个人经验,这是不错的。

但我仍然觉得这个世界太小了一点。当今中国都市的都市性正在成熟,生活和人物都是很丰富的,我不要求她写不熟悉的东西,但可以要求她写得更丰富一些,更深厚一些。

鲍贝坐而论女

《悦读江南女》序

▽

盛子潮

认识鲍贝（其实朋友们更习惯于称呼她小雨）是在2001年秋天，记忆中那是一个雨天，小雨带着将出版的散文集《散步的鱼》走进浙江省第二届青年作家讲习班，于是，我和她有了15天的师生缘。之后，小雨成了一个"游手好闲"的人。

她读书、写作、偶尔开车兜风，出入健身房、酒吧，原本干得不错的建筑工程预决算工作倒成了她的副业，这当然要归功于一个叫小周的男人——一个懂她、宠她又会赚钱的江南男人，让她不仅仅是江南女人，还是一个可以悦读江南女人的女人。

《晏子春秋·杂记下》里的一段话早就成为经典：

"橘生淮南则为橘，生于淮北则为枳，叶徒相似其实味不同,所然者何?水土异也。"

这一经典又被浓缩成一句谚语:"一方水土养一方人。"

从这个意义上,"女缘"书系将给读者,尤其是男性读者提供了一个别有洞天的视野,当然能读懂多少,那就要看各人的造化了。

有一点是肯定的:江南女子多故事。江南女子是注定要与茶,与酒,与丝绸,与一段缠绵的爱情结缘的。

在这本《悦读江南女》中,作者摄下的就是这样一帧帧的风情照——江南女子的"痴"(《衣带渐宽终不悔》);江南女子的"撩"(《有情还似无情》);江南女子将灵魂裹在真丝里(《云想衣裳花想容》);江南女子在"女儿红"的酒香中长成妇人(《红酥手,黄藤酒》);江南女子在企盼中成为一道风景,一则寓言(《独立小桥风满袖》)……江南女子就这样成为一个符号,成为一个可供多重解释的隐喻。

我知道,从文体美学的意义上说,散文是最自由的文体。散文作者无须西装革履地作绅士状,也不必珠光宝气地扮作贵妇人,散文写作只是穿上泳装走向沙滩,在阳光下裸露真实的胴体。尤其在今天,我相信更多的作者会把散文写作当成一种生命能量释放的需要,一种心灵独白和低语的形式,甚至是无聊寂寞时的自娱自乐。尽管如此,一种虔诚写作的审美姿势仍然是值得尊敬的。

《悦读江南女》不以猎奇的眼光打量同性，不刻意渲染"艳情""艳事"，作者以第一人称的视角参与叙述，在撩开江南女子生活帷幕一角的同时，让我们看到作者出入其中的身影，显示出一个女性作者独有的敏感、细腻和多情。

为此，我要向小雨敬一杯酒。

顺便透露一个秘密：在写作《悦读江南女》的同时，小雨还在写一部长篇小说，据说已经完稿但至今捂在电脑里不肯示人。猜想因为写作《悦读江南女》的缘故，那部未出炉的长篇小说会平添几分江南的柔美。但作为一个已不年轻的读者，我拒绝再读一个纯美的故事。

南宋词人蒋捷之写过一首《虞美人·听雨》："少年听雨歌楼上，红烛昏罗帐，壮年听雨客舟中，江阔云低，断雁叫西风。"

"少年"的我也曾热衷于"南方的孤独""江南的哀情"等话题；今天的我，更愿意讲越人断发文身的故事，更喜欢背秋瑾女士"秋风秋雨愁煞人"的诗句。——这样的诗句，即使在阳春四月，你仍能感受到萧杀的剑气。我想说的是：江南的土壤生长着温柔，也生长着血腥；江南的河床，流淌着才子佳人的传奇，也流淌着几千年的沉重。越王勾践在不经意间把那枚尝了又尝的苦胆嚼碎了，作为后人，我们的嘴角至今仍残留着苦涩。

不知小雨君以为然否，是为序。

每个人都有一次精神远游

读鲍贝《轻轻一想就碰到了天堂》

▽

谢有顺

据说,西藏是离天堂最近的地方之一,这不仅因为她海拔高,更是因为她的神秘和纯粹。我没有去过那里,只能通过文字来接近她。但我发现,所有人的旅行记忆,其实都在描述一个自己心中的西藏,有多少个人就有多少个西藏——真实的西藏,成了我们永远无法抵达的地方。

西藏在哪里?在雪域高原,在旷远的天空,在宫殿、壁画和传说之中,在每个人的想象里。她或许是最后几个无法用文字来言说的地方,因此,尽管游人越来越多,但更多的时候,西藏显露出的依然是一种巨大的沉默。

我们见过太多的喧嚣,缺少的正是这种沉默,正如我们总是在说话,唯独忘记了倾听。世俗的欢腾、信息的聒噪,连同欲望在我们内心拔节的声音，构成了这个世界的主旋律——灵魂中那些细微的动静，还有谁在认真地谛听？

现代人正在过着残缺而悖谬的生活：一方面是物质的极度丰盛，另一方面是心灵的日益荒芜。这样的危机，在都市生活的人很难察觉，但在那些远行者的身上却尤为敏感。特别是那些前往西藏的旅行者，回来无一不是声称自己经历了一次灵魂的洗礼，因为他们发现，在这个世界上，毕竟还存在一个可以直接和自己的灵魂对话的地方。

鲍贝也是这众多旅行者中的一个。她是女性，独自一人遍游西藏，甚至冒险走了不少人迹罕至、海拔接近六千米的地方，令人惊奇。

她在旅行中写下的关于西藏的那些文字，并非简单的旅行见闻，而是一次又一次的精神出走，一次又一次和天地人心的亲密对话，正如她自己所说，"它是对心灵的一次彻底放逐，对生之无涯的又一次体认。它让我逐渐懂得艰难、孤独、质疑、享乐、受苦对生命之必要。"由于带着这种心境游历，一花一草，一山一石，一个梦，一次深呼吸，在鲍贝眼中，都开始敞开一种新的可能性：那些平常熟视无睹的事物，突然变得充满生命的光辉；一些从未想过的问题，会在内心的某个角落尖锐地响起。她发现，在西藏的每一天，自己的生活边界、精神空间都在扩展，同时，一个全新的自己也在旅行中不断地生长。

这样的发现，正是得益于一种谦卑的倾听。天空和大地每天都在向我们发出召唤，可是有谁在意过这些遥远、广大的声音？在这个机械复制、娱乐至死的时代，我们心灵早已蒙尘，精神也日见虚弱，我们所能听到的，最多只是百米之外的声响，可鲍贝在西藏高原告诉我们，百米之外还有辽阔的空间，有限之外还有无限和永远。还有太多的事情我们不明白，还有太多的生活我们没有经历过，你的心之所以贫乏，是因为你还走得不够远。

阅读她笔下的西藏，可以帮助我们在想象中远游，从而推开世俗的烦扰，和作者一同来领悟：孤独也是一种丰盈，安静也是一种倾听；在苦难中要学习感恩，在寒冷的眼神里要学习爱；憨厚的背后是庄重，简单的背后是至美……

——这些饱含感情的文字断片，就是在向我们重申这个事实："旅行中的人，在经历了一些事情，看了更多的世界之后，慢慢地变得更成熟，更宽阔，也更为沉静了。"

她向我们细致地讲解了这个心灵自我教育的过程，同时也向我们描述了许多俗常现实之外的人生。

法国作家加缪说，不在于生活得更好，而在于生活得更多。确实，对于像我这种从未去过西藏的人来说，跟着鲍贝的文字走，不仅让我认识了"更多的世界"，而且还丰富了我的人生见识——读着这样的文字，鲍贝所亲历的旅行生活仿佛就在眼前,而她在旅途中那些思想疑难、内心争辩,我也会跟着她一同陷入沉思、发出追问。

读完之后才明白,轻轻一想就能碰到的天堂,原来就在我们的心中。这样的发现,其实是一种快意的分享,我相信,它不仅关乎西藏,更关乎现代人对自身生活和内心的一次重新确认。

从"寻爱"到"失爱"

鲍贝小说《伤口》的女性视角

▽

夏 烈

我们是被时代劫持的,我们的文学也是。时代对于个体,无疑是强大的统治的力量。而反过来说,文学要介入时代,只有通过它婉约的方式,比如小说人物、小说故事、小说的叙事角度。好的小说只有在不断捉摸自己的人物、故事和叙事(角度与方式)中诞生,好的小说家因此并不易得,某种意义上,这是一个智力活——智力,多少是要靠天赋的,写小说的那么多,天赋好的不可能都在小说家那堆里。

鲍贝却在不断地增长着,使我知道原来天赋并不是开始就原形毕露的,或者说,懂得调整与反思,懂得以情感的力量补充小说写作另一些要素的不足,同样会令人满意。

她最近的长篇小说《伤口》以一个独特的人物和一个有趣的叙事角度进入其故事，所升腾与绵延的女性特质让这部小说有了自己的空间和价值。

小说人物是一个渔家女，在南国海岛的渔村里的一户并不幸福的家庭出生成长。鲍贝的选材固然与她熟悉的家乡海岛风物有关，但毫无疑问，这也是她思考之后企图为小说找到更多的与众不同之处的结果——她把这个渔家女安置在了一个父母龃龉，父亲孤独地在海难中死去，母亲再嫁而对主人公十分疏离的亲情环境里；她也把生命里最浪漫而刻骨铭心的记忆放在了海岛贫瘠生活中与那个"阿哥"相爱相知的过程中；她又把这个淳朴美丽的渔家女推向了我们时代似乎难以逃避的都市繁华，继而把流浪潦倒和不得不沦落风尘的一种女性命运缩影到这个人物身上；最后用一种非常戏剧化的方式给这个女人以离奇、高贵的生活机遇，但又因为与这些机遇相伴相随的是无法摆脱的阴谋与破碎感，因此迎接她的无非是一场虚空和背弃。让一个渔家女承受传统的种种命运的罹难（比如失父，比如失去母爱，比如爱人远行），又让她经历当代都市人生的怨怼和阴谋（比如沦落为"小姐"，比如被卖为生意场上的一颗美女棋子），这种命运的嫁接（甚至是过于故事化的处理），是鲍贝为了让小说人物和小说故事显出新奇和独特的一种艺术理解及其写作上的努力。当然，这样过于戏剧化地向故事的情节性倾斜,多少会伤害到小说文学性的质地。

整个《伤口》,突出的是它的人称叙事和由此而来的叙事风格。小说通篇用"我"的第一人称叙述,渔家女何晓难(当她被收买为生意场上的一颗美女棋子后,"被"更名为何凌落),始终在陈述与倾诉之间布局着自己的故事和情感。这种第一人称的叙事给小说带来了女性的湿润的言语气息,尤其小说开头所弥漫的诗意的语言方式和感伤的基调,像用了柔板的调子但整个世界又沉在了魆魆的暮色里,缠绵怆然。在这种叙事风格中,小说其实在勾勒这样一个同样令我们感伤缠绵的意思,那就是当代人爱的失去,或者说,都市男权社会中,淳朴的爱是那样的无法存活下去的一个事实。渔家女的身份在这里象征着最淳朴的女性个体,她们起初对世俗是相对无知的,当何晓难的个体因为家庭的不幸而更加需要自身的爱情来补偿心理的残损时,初恋的美好记忆完成了她情感世界中爱的代入,正因为此,何义无反顾地进了城,目的是寻找她初恋的阿哥。

"寻爱"是小说开端所有的意义,但小说用此后大半的篇幅告知着她如何失身与失爱——如果说身体的失去是对爱情的第一层亵渎的话,那何晓难还可以在胸部纹一朵莲花来寄存自己心的洁净;但此后她在钱的压力之下,许下了成为生意场上一颗美女棋子的契约，那么，她的心就沉在了都市与男权世界的泥淖中，心头的莲花在一桩桩契约和谎言构成的气候中无力地浮沉，终至于衰败。

从"寻爱"到"失爱"，作者以一种女性视角提供了当代情感状态的现象性描述，同时也寓意了一种对当代文明和两性关系的批判。当然，这一切都是用文学的方式——我一直这样看，即在某种意义上，文学的方式也就是女性的方式，鲍贝在这里用女性的文学的方式加深了一个内心的指向，也就是说，当女性在小说里被毁弃以至于忧伤的时候，文学的忧伤和力量也就开始了。

鲍贝的情感寓言

评鲍贝的三个短篇

▽

夏 烈

与鲍贝相遇,是在杭城那个著名的书吧——"纯真年代"。入夜,杭城的一些文人总会不约而同地来到这里。惫懒如我,偶尔想到要温习那些熟悉的面孔,享受来自文人间的笑谑,于是就穿城而过,赴那书生们的夜宴。鲍贝,是那里最亲切的朋友之一,随和、雅致但又个性丰满。用她写诗时的笔名小雨形容她,意思就近了,有些翠亮,有些天真,有些女人的罗曼蒂克,份属江南。

说这些是因为她的这三个短篇与她寻常透露的格调基本相近。这三个短篇一律是都市男女的情爱纠缠,其可读的一面恰如她日常的随和,有些流行风则恰如她的雅致,至于个性丰满,大约要看她在掌握小说中沉浮的两性情感之舵时，最终给我们指示出了何种人间的眼光与感悟。

而这三个短篇，如果按照写作的痕迹看，孰先孰后，一望而知。它们像是故意要显出参差，告知小说对于一个写作者意味着攀援和领悟的过程。《撕夜》最完整，酝酿着情绪的变迁，所留的人物影像都可圈可点；《深井里的蛇》自成一格，对于两性心理的错位做了一次寓言化的描写；《四婶》有些毛糙，语言是个问题，情节也是问题，但它有特别好玩的地方，这留着后面讲。——像"新锐"这样的栏目，过去也常常如此，作者们并不掩饰他们拿来的作品有着这样那样的缺陷。因此，当我回忆数年来在新锐登场的数十位作者的小说时，似乎像青梅竹马的"发小"那样看到了他们旧年学步的模样。他们闪光的脚印每每伴随着新锐式样的芜杂一路向前，并逐渐在中国小说创作的场域中登堂入室、气格突显。——在这个意义上，我暗自感谢他们曾认真地将探索之作拿来"新锐"与我们分享，作为一个不写小说而专事批评小说的同路人，我也正是在他们认真的探索与输送中煞有介事地干起了这"高人一等"的活儿。

对于不写小说的批评家，有个笑话，是伏尔泰的话："我们看到，在致力于文学发展的现代国家里，有些人成为职业批评家，正像人们为了检查送往市场的猪是否有病则设立了专门检查猪舌头的人一样。文学的猪舌头检查者没有发现一个健康的作家。"也许，这曾经是作家对批评家的调笑，但我还是敬佩那些没有发现一个健康的作家的批评家时代，这和我们现下批评常常在作品的末尾轻率地盖上健康的蓝印大为反差。

——这是题外话。我想说，与小说家们同生共长确实对批评家的审美知觉受益良多，关于小说作为文学的奥妙正通过那些基本的要素，即作家们通过对这些要素的不断修正、调整、把握和涵化，逐渐推向细部的微妙，从而达到创造者和观赏者共同的喜悦。在这个层面上，作家和批评家是知音。

就鲍贝的这三个短篇来说，显示了与她年龄阶段非常一致的主题关怀。如果说把她的小说概括为两性情感的叙事还有些语焉不详，那么，把其中《撕夜》和《深井里的蛇》叫作家庭伦理小说或者婚后题材的小说基本已经把其题材的社会内容讲清了。

在这两个小说中，鲍贝都提供了对当代两性具有典型意义的词汇和背景以提示我们读解其小说的功能。《深井里的蛇》通过那个同名的寓言其实已经概括了故事深层的所有意涵，《撕夜》则是通过"十年"这么一个对当代婚姻具有地标性意义的词汇（时间概念）来开始和展示整个故事的格局——构架以及想象（包括回忆在内）。由此看来，鲍贝是相信人的命运是有一些基本规律的，她一定相信人生的内容其实暗含在种种法则里，她也一定对诸如寓言、格言等前人的巧妙解释多有偏爱。这就决定了她的小说的所有优缺点。

《深井里的蛇》完全是两性间的误读和错位,生活中的逻辑表明,这样的事几乎不可避免,因为人类的心理本然地沦陷在这种好奇和怀疑的"井蛇圈套"中。也就是说,这是一种心理"原型"。小说把秋芸放入这一心理圈套中做文学的演示,确乎漂亮地说明了这一原型定律;当然,鲍贝为了翻出小说的趣味,把同样的心理圈套轻而易举地在末尾甩给了秋芸的丈夫董敏,以示"法律面前,人人平等"。小说的趣味在这里终止,固然圆满,但囿在寓言表面义的说明当中。这就是鲍贝的观念世界对其小说艺术的限制。

可以这样说,用寓言结构小说的方式在当代小说中终究是日渐失传了,这显示了当代小说家艺术素养的下降和想象力、探索精神的匮乏。无论是用寓言、神话、童话、传奇作为正面的印证,还是作对比、反差、参差来显现文本的荒诞、空灵、多义和隐喻化,真正有文学精神的小说家从来都不该放弃对它们的使用。

鲍贝此处在有意无意之间恢复着这种实践,这是我赞赏的部分。而同时,鲍贝性格里的老实使之尚未冲破自身观念的阀阈,引领小说进入现实的背面,以及寓言的多义区间。也就是说,只要更推进一层,我们可能就看到了寓言并不是这样牢不可破的,或者说寓言的意思是层次无穷的,比如:绕开那口有蛇的井真的什么也不会发生了吗?常常看蛇的女人是不是在享受看蛇的刺激呢?……性格、观念、趣味,在鲍贝目前的小说中是统一的,她的小说因此离生活中的她不远。

《撕夜》是我感觉到鲍贝叙事上更见功力的一篇。小说的情感变迁和流动要求我们掌握其节奏感。起承转合的说法不唯对旧体诗有用,在小说上也有灵活的对应。《撕夜》是在这一点上令人比较满意的作品。当下的、过去的,以及此后行动的推进,都一一顺着情感的自然呼吸在游走,不局促不生硬。孙曼玲这样一个女性人物形象就生动地出现了,并且伴生出另一个性格令人喜欢的男性形象——郑自青。"十年",一段婚姻到了它的检查期,而孙曼玲和丈夫何秋迟的婚姻被检出了无可置辩的硬伤——这种把"十年"这一数字看作限期的心理习惯,同样出于鲍贝自身的特点。

同时,我想到了苏青当年的《结婚十年》以及坊间流行的歌曲《十年》……文化就是这样,通过符号化的隐喻一次次固定出习惯心理,而鲍贝的小说,可爱地呼应着这一符号系统。因此,小说可能难以令你有意想不到的奇思妙想,但其优点是,作为一个文学创作者,鲍贝把这一份人之常情做得美丽而忧伤。

最后来说《四婶》。这是一篇写青年性心理的小说，它的一个主题是"意淫"。这类题材，网络是其滥觞。而鲍贝此处，似乎也不知不觉地沾染着网络小说的毛病。平铺直叙使得语言也牵带着不够质感，对于四婶的想象和内衣的迷恋落了网络同类文字的窠臼，对四婶情感的处理似乎是个有趣的"包袱"，遗憾最终的解释有些苍白，与前两个小说比较，我断定这是鲍贝学步之初的练习稿。但我喜欢这样的题材和主题，关于青年性心理的介入本身就是小说巨大的矿藏。现在这样的好小说显然不多。大家的创作注意力有问题，往往跟风似的依附在文坛炮制的大话题或者一点自以为是的小经验里，被选刊和一二种文学刊物障目。其实，文学何曾有疆界，大量的土地抛了荒期待生动而好玩的创作主体机智甚至放肆地进入——青年、少年的性心理就是这样一块地界。像《四婶》这样有些不伦之恋的题目，完全可以有异乎网络套路的属于文学的做法。这是鲍贝同样可以思考的。

鲍贝是一个在小说中对人物心理进行细致研磨的作家。她的小说因此都努力伸向了人心的细节之处，并由这些细节，挥发出人们对于自身情感和命运的感悟，这形成了她小说的美学氛围。但也许她有瓶颈需要解决，那就是如何让人物和情节往现实之外走一步，免得它们看来都只是常规生活的拷贝——这一点，对短篇小说尤其重要。

人性测试的实验

鲍贝小说《书房》素评

▽

马　钧

台湾作家朱天文讲过一种读书方式——"素读",其方法就是"朴素地来读,不借方法训练或学理分析,而直接与书本素面相见",套用到我对鲍贝这篇小说即将要说出的一些感受,可以称作"素评"。

我平时对当代小说阅读量不是很多,难以形成宽阔的视野,更别说在什么高度上探赜钩深了。但这种阅读局限和知识准备的欠缺,反过头来,也给我的阅读劣势带来一种意想不到的好处,我把这种好处拽句文绉绉的话来讲,叫作阅读的"剩余价值"——因为我对哪一个作家事先既没有先入之见,也没有成见,说出的话全凭我即兴的意会,反正是野调无腔,一切就由着我凭着兴头絮絮叨叨。说岔了，无非是自己的性情使然（蒙田可以为我辩护）；而说差了，处于自尊，我也不会请任何人来为我说情辩解，不过就是卵磷脂吸收得不好，何况一直在海拔两千多米的高大陆上生活，脑子缺氧，用起来不那么灵光而已。

世间的事情有时候一凑巧就纷纷闯入到一个人的生活里，仿佛事情也懂得凑热闹、赶大集。我刚刚结束休假，单位里的事情就噼里啪啦砸到我头上。而家中，我为我的书房量身定做的书架也偏偏在这个节骨眼上送货上门。说来也巧，与此同时我收到郭建强推荐的鲍贝的小长篇。一瞅题目——《书房》，我那兴致儿早就未拒先迎了上去，就像情窦已开的女孩子在嘴上抵拒着熟人介绍的对象，可心里头早已暗暗喜欢上了对方。我急于想知道鲍贝会在书房这个私密化的空间里，上演怎样的一幕人生呢？

读完了，反刍留在脑海里的零碎印象，再读，再反刍记忆，觉得这部小说在不动声色中声色俱动。有那么一些时候，我甚至是带着挑剔的目光和挑刺的心理来阅读，结果是我无功而返。鲍贝不单把她的这篇小说文本编织得疏密有致，而且她把控的叙事节奏，舒缓有致地对情节的一步步铺展，堪跟一位弹拨器乐高手比高低，她也几乎是在把小说的文字当作一根根弦索，她轻拢慢捻抹复挑的架势、章法，显示出她作为小说家的优雅与娴熟的气度。

这种优雅与娴熟的小说气度，厉害之处在于它的平实、简捷、素雅。整个故事，叙事策略没有时下有些作家搞得那么玄虚，那么繁复，那么百科全书，但它也不是简单到单调的那种简单，相反，它是绵里藏针，是曲径通幽，是缓缓释放小说的张力。这部小说就像鲍贝栽种的一株小说树，主干是从大学辞职后在一家叫作"青藤书屋"的私人书店"帮那些有身份又有钱的人配书"的文教授。他既是这部小说的叙述人，一个安放在小说里的"摄像机"和"记录仪"（后面我会说到他更本质的功效，实际上是一部"探测仪"和"内窥镜"），他也同时是小说里的一个主要人物。因为替人配书和收购图书，小说自然而然分杈出这么一些小说人物和空间：房地产老板李来福的书房；身有残疾的富二代金万亿的书房；大学同事、中文系系主任胡东梅教授的书房；还有就是书香门第——楚楚动人的新生代女性温小暖的书房。就是这么一些空间和人物，折射出当下喧嚣繁华的都市生活，尤其是把都市人精神世界的空洞、人性的伤残、人与人的疏离，凸现得触目惊心。

毕业于北大中文系，在浙江大学当教授的文教授，论理应该有一个十分体面的生活。可在他实际的生活里，他一家三口，后来加上文教授的母亲，四个人就挤住在60平方米的单身公寓楼里。如此逼仄的空间和待遇，其实已经暗示着他的不走运。如果这只是他外在的不幸，那更大的不幸来自现在的大学教育体制——一个极尽扭曲，急功近利到失去了教育之根本的大学——对文教授这类教师的极端排挤和蔑视。对于一个"为了给学生上好一堂课，可以不惜耗费半个月的时间去做准备"的大学教授，换来的只是这么一个荒诞的结果："在我的课堂上，听课的学生总是最多。然而到了年终考核，我总是被排到最后一名。"如果这也只是对他的教育信念和价值观踹了狠狠的一脚，那么，等到他忍无可忍而向学校打了辞职报告，接下来的情形就比狠踹一脚还要严重到不知怎样的程度："可是，没有人挽留。我的离去对这所学校来说，仿佛一阵风吹过，就如一片叶子从一棵大树上飘落下来，是件自然而然的事情。"这已经是对人存在价值、存在意义的极度抽空和解构。同时也反映出人与人之间的疏离、冷漠，一个文人堆里的畸零人形象就这样呈现出来。嗅嗅他身上的气息，我们会很快咂摸出20世纪卡夫卡、钱锺书笔下格里高尔·萨姆沙、方鸿渐灵魂附体的味道。

约瑟夫·布罗茨基曾在《空中灾难》一文里把作家分为两类："第一种无疑是大多数，他们把人生视为唯一可获得的现实。这种人一旦变成作家，便会巨细靡遗地复制现实：他会给你一段卧室里的谈话，一个战争场面，家具垫衬物的质地，味道和气息，其精确度足以匹比你的五官和你相机的镜头；也许还可以匹比现实本身。合上他的书就像看完一部电影……第二种是少数，他把自己或任何别人的生活视为一种测试某些人类特质的试管,这种人一旦成为作家,就不会给你很多细节,而是会描述他的人物的状态和心灵的种种转折,其描述是如此彻底全面,以至你为没有亲身见过此人而高兴。合上他的书就像醒来时换了一个面孔。"

我以为,鲍贝是第二种类型的作家,她的小说似乎都具有一种对人性和人的欲念强烈的探测意识,那些外部的呈现,仅仅是她出于小说空间设计的需要而捎带出的布景,她真正聚焦的地方,在人意识的深处。有许多时候我会觉得鲍贝酷似一位冷峻的内科大夫,她还有着一件窥望病灶的内窥镜。凭着这个内窥镜,《书房》向我们呈现出两种心理类型的人物。一类是文教授、胡东梅教授、温小暖这类灵肉分离的人物,一类是房地产老板李来福、富二代金万亿这类有肉无灵的人物。

从李来福、金万亿这类富人身上,鲍贝窥测到了当下中国很大一群人的精神匮乏的状态:他们拥有公共生活中所有荣耀、体面、骄人的方面,可他们没有一个拥有真正意义上的私人世界,也可以说他们没有心灵的时空,让人们艳羡的豪华的书房,不过是一间虚荣的摆设,跟心灵毫无瓜葛。

小说的深刻性,在于鲍贝的探幽发微,在于她擅长或者钟爱的欲望探测。比如小说写文教授几近"潦倒"的现实状态,逼得他妻子红杏出墙,这是一般作家都容易表现出来的地方。文教授充满内省的精神特质,让我们看到了一般作家看不到的地方——心灵的出轨。因为这种情形不是外化为外在的行为举止,而是仅仅发生在欲念和看不见的意识深层,没有一双弗洛伊德、荣格这类心理侦探的深锐目光,是无法揭示出来的。小说通过文教授第一人称的自我叙述,向读者撩开这被肉身翳蔽的精神现实——

> 整个世界又脏又乱,让她一个弱女子又何以自保,何以清白?也许,在她心里,不洁的只不过是一身皮囊,是微不足道的。她所看重的,是她的书,和寄存于书中的灵魂的清洁与高贵。
>
> 夜里,当我又像僵尸一样躺到妻子的身边,同盖一床被,却并没有任何肌肤相亲,纵然相亲也毫无激情。我突然便明白了一件事:其实早在我妻子出轨之前,我已经对她没有爱了。虽然,我的身体还没有出轨,可我的精神和灵魂,早就出了轨,只是还没有遇到合适的人和时机,带领我的肉身也偏离轨道。

这是鲍贝这部小说最深刻和最锐利的发现和揭示。但鲍贝还在小说里埋下更具意味的伏笔,房地产老板李来福和出自书香门第的温小暖的结合。看上去这是李老板和文教授精心设计后猎取温小暖芳心的一次"人生杰作",殊不知这场欢喜结合埋下的其实是一出迟早会发生的悲剧,只是它还在妊娠期,在下一场剧目里。这使这部小说体现出更为彻底的现代性,体现出小说家对人性颓败、心性匮乏的根本绝望。这也是这部小说对整个人性世界的象征。

在这一点上,作为一位女性作家,鲍贝克服或者说超越了女性惯有的温情脉脉,脆弱的感性世界,而是进入了坚韧、冷峻的理性世界。这也就是起初我以为她的小说声调会沿着伍尔夫《一件自己的屋子》那样绕着女性主义旨趣盘旋,很快我就发现了我的促狭,同时也就发现了鲍贝的高明和眼界的更其广大。

有趣的是小说的结尾,场景是文教授走在雪地里——

> 太多的人与事纷纷如雪花飘落,落满整个大地。我知道所有的一切终将消逝。在多年之后,当我再次想起这些人与事,我是否还会平静地向人谈论起我的从前……就像谈论我亲眼看见的这一场雪?我的开头应该会这样描述:在我的记忆里,这场雪下得洋洋洒洒,下得辽阔而缓慢……
>
> 而此时此刻,我却是一个被一场奢华的盛筵所抛弃的人。世界混乱,内心混乱,混乱不清暧昧不明的一切将我紧紧缠绕,使得我天旋地转。

然而，无论天旋到哪儿、地转向何方，此刻的我仍孑然一身。是谁曾说过这句话：在深邃的命运里，我仅孤身一人。

雪人并没有堆成功。我放弃了。也可以说，是失败了。地上积的雪并还不那么厚。我抓了几把，地上便出现了黑色的污泥。

我躺进雪地里。想把自己变成雪人。想着被雪覆盖。想着被雪覆盖的那些情怀、理想、追求，和我尚未看见过的那些视角。想着还没来得及表达的情感和我想去报答却还未去报答的人。雪一片一片落在我身上。而我像一片树叶紧贴着大地，感受到了从未有过的深邃的寂静。所有的声音消失了。寂静得可以听见山，可以听见上帝。

在20世纪的经典小说里，至少它勾起了我对《围城》的回忆。小说结尾的时候，方鸿渐走在寒风里，把自己联想成寒天里短衣褴褛的老头子在售卖货篮里的泥娃娃和风转。我还想起了乔伊斯《死者》里著名的结尾：

……雪花穿过宇宙在飘扬，轻轻地，微微地，如同他们的最后结局那样，飘落到所有生者和死者的身上。

这其实是现代小说经常会出现的互文现象，它们就这样把自己文本的声音，与那些自己之外的文本的声音，隐秘地混响起来，以至于刚刚写下的这部《书房》，是那更其阔大的经典文学里的一小片声音，是一只低音提琴的奏鸣。

每个人心中都有伤口

读鲍贝长篇小说《伤口》

▽

海 飞

每个周末我都会乘火车从一座城市抵达另一座城市，选择的时间往往是深夜。我确信秋天是读书的好天气，深夜是读书的好时间。鲍贝的新长篇《伤口》在冬天正式来临以前，进入了我的阅读视野。在动荡的车厢里，两座城市的一来一回间，我分两次读完了《伤口》。

之前零星读过鲍贝的一些文字，她女性主义的视角，细腻以及华而不浮的文字，以及在小说文本中呈现的独特视角，把我们带入一个异于寻常的阅读空间。《伤口》的开头，何晓难鬼魅阴柔的喃喃自语，是某部电影弥漫着雾气的序幕。在这样的文字氛围里，很容易让读者进入故事的核心，像看午夜场的电影。我确信我看到了一个叫何晓难的女子,她或许就是火车厢里坐着剥橘子的女孩。何晓难因出生在一个不吉利的日子,所有人都对她敬而远之。她和颜禾深深相爱,颜禾为艺术去城里,但迫于生计跟叔叔从事了建筑行业。告别的夜晚,何晓难的身子已受继父侵犯,她觉得自己脏而拒绝颜禾。

何晓难去城里找颜禾七年。七年里,何晓难在歌厅认识了歌女虹霞,两人相依为命。虹霞因为外貌一般,屡被男人玩弄之后抛弃,没有晓难幸运,心里遂起报复之意。当虹霞找到颜禾的时候,对晓难作了隐瞒,自己却悄悄爱上了颜禾。

包工头李逢春为报复夺妻之恨,跟何晓难签下合约,要何晓难在三年里勾引费氏企业董事长费百强,偷得费氏投资的一个庞大的工程标底。费百强却真心爱上了何晓难,而何晓难也为费百强的真诚感动而产生爱意。何晓难决定设法脱离李逢春的掌控,真心投入费的怀抱。可何晓难万万没有想到,费百强在为她过生日的同时,无意中知道了她与李逢春合谋骗他的阴谋。于是,一场恋人与姐妹之间的角斗,在不动声色中悄悄展开。伤口无处不在。

很多时候,我愿意让两座城市之间的距离无限拉长,以便更多地进入鲍贝为我们设置的情节。《伤口》让我看到了《色戒》中王佳芝对于易先生的某种情感,终于明白两难是一种什么样的境地。我私下里猜度,鲍贝是一个敏感而热烈的人，她让晓难进入了欲望世界，用清明的双眸见证背叛和欺诈，这是一种残酷主义的生命体悟。疼痛与麻木的距离是一毫米，那么疼痛来临以前，那种红尘里跌扑的繁杂人事，像海浪一样涌向我们的视野，汹涌拍打我们的灵魂。合上《伤口》，可以看到封面上一个女子，在一朵如花的火焰中的煎与熬。这是一种疼痛的美丽，所以我固执地以为，《伤口》的意义在于，她为我们提供了关于女性命运的又一经典范本。

鲍贝犀利而温情地剖开了一个漂泊者的灵魂，她的小说中有真正的疼痛。这是文学评论家李敬泽读完《伤口》后的第一感受。当然，我不是评论家，我只是一场即兴阅读后的感叹者。在我的想象中，那一辆开往杭州的火车，装满了一车厢的忧伤。身边每一个晃荡在幽暗灯光下的旅人，都有着不同的生命体悟，至少会有属于自己的不可言说的伤痕。就如张爱玲所言，生命是一袭华美的袍，爬满了虱子。

但是，即便爬满虱子，生命也终将继续，如同火车会开往前方和更前方。我们的人生大抵如此，就像从一座城市抵达另一座城市，从一种伤口抵达另一种伤口。

烛影之歌
为鲍贝诗集而作

▽

续小强

鲍贝已经写了很多的小说，蔚为大观，足有几百万字了吧。散文呢，是她最早接触的文学样式，自然也是写了很多，一时记人状物，又一时行记漫谈，结集的，竟也有好几本了。如此勤劳的她，有如一只不会冬眠的蜜蜂。

要说她天生而为写作，天天而苦写作，也不是确实。因为有了微信，你可见她日常生活的丰盛，真像一个长不大的女孩子，她是天天在玩呢。这让那些终日苦思冥想的职业作家情何以堪？文人总是相轻的。要说相轻也就是相竞，百舸争流，每天和和气气，文学的日子也就太平淡而平庸了。也许是长的小说，也许是不短不长的散文，她写得有些疲乏了；又或许，她突然被文学的奇梦和野心驱使了，于是竟然又写起了诗。一开始见她在微信里晒，以为她是在过家家呢。不期然，这个春天，她爆发似的作了一百首。我很好奇地讨了来看，一首一首地读下去，我的好奇真是一变而为惊异了。

我很早开始写诗，却也很早就停下了所谓向前而进的步伐。现在只偶尔记下几个字词，甚或作上那么几行。惶惶十年光阴，大约完全是惰乏而停顿了的。有时不免沮丧。可这也是没法子的事情。老实说，自己确实没了写诗的心境，再准确一些说，是丢了作诗的情绪。有时一点点的意念冒了出来，仅仅也就是零星的幽火，突然如着了细雨，很快熄灭而不得呼喊了。被时间改造过后，冷硬得竟是连自己也不识了。

我总以为，诗歌先是抒情。这个"情"字，才是诗歌的核心。婉约也好，豪放也罢，抒情甚为要紧，若是无情，又何得抒，何得发呢？诗歌的好与坏，我固执地以为首先便在这里。鲍贝的这部诗集，在我看来，也是首先的胜在此处。整部诗集看下去，你可明显地感受到她鼓胀如风帆一般的情绪。这一百首诗，似经过了多年的孕育，在这个春天突然爆发。她仿佛是一口气完成的。我曾经有这样的本事，现在已是完全退化而成往事了。所以才特别地佩服。据我的经验，诗歌的写作，是极耗神的一件事。哪怕作完一首短诗，也仿佛是跑了一次马拉松似的。她如何坚持得下来，她是如何投入的，不得而知，可以想见，她一定是费了许多的心力。

她似乎意识到了自己如此的状态，并用《春天的惊雷》这首诗做了描述：

> 我已感到心神不宁
> 周围一片静默
> 突然，地狱之光像铁一样炸裂开来
> 无情的闪电掠过所有角落和灵魂
> 惊雷从天而降
> 像身边的一座大山轰然倒塌
> 像撕开地狱的冷酷面纱
> 我的心停止跳动
> 意识停滞在纸上
> 一个模糊的墨水渍里

诗集题为"直到长出青苔"，仔细品读这句话，暗含了一种倔强的不服输的劲头。对不完美灵魂的严刑拷打，对爱与善的珍视和坚守，都在这个句子中了。这部诗集绝大多数的分行，不是为了诗歌形式的刻意，而首先是情绪左冲右突的结果，是情绪的必然转折。是情绪的几何级数增长。她似乎要把自己的心掏空，所有的禁忌都被撕扯掉了。这些诗，有生命的快意在。诗本是极轻极轻的，以诗之轻透射灵魂之重，又以诗歌之重释放灵魂之轻。这大约就是她诗情的辩证法。

欲与力的喷发，是她无畏的呐喊：

> 但我并未被这场浩劫击倒
> 反而得以解脱
> 讽刺渗进我的血液
> 羞辱成了我扬起的旗帜
> 自嘲变为吹响的号角
> 黎明即将来临

> 我在黑暗中，感受一种伟大的荣耀
> 在不为人知的阴郁里，感到威严和显赫
> 体验荒野僧侣和幽居隐士的崇高
> 对远离尘世的沙漠
> 重新拥有了新的认识
> 在荒唐而高尚的时空里
> 我一遍遍地写着救赎灵魂的字句
> 用远处并不存在的日落将自己镀成金色
> 用放弃生命中的欢乐换来的雕像

装饰自己

她端坐如圆,亦有沉静在:

　　孤独在尘土里坚持了很久
　　几座湖泊,在太阳升起时开始徘徊
　　清澈又柔和的金色,在朦胧中
　　摆脱了曾经获得的有形之物
　　穿透扭曲的高雅

她的怀疑压制了好奇:

　　请告诉我——
　　一只蝴蝶如何占有花蕊的一席之地
　　在仪式到来之前
　　如何将华美的袍子拆散?

且听她的自言自语:

　　躲进黑夜里的我
　　像寒冷的春天,清澈而忧伤
　　我只是吃惊

连黑夜也不能把我照亮
我竟然忘了自己
忘了所有生活的目标
忘了所有我要走的路
只是享受着虚无
那朵隐匿的悲伤之花
却在意识的墙外绽放明朗而灿烂的事物
也无法将我安慰
在日复一日的倦怠中
我唯一的灵魂
是一缕拂过的轻风

已经抄得太多了,情之难为,大约就在它的不可捉摸。风雨飘摇之下,欲言又止。可谓百转千回。

我知道我失败了
整个春天
我都在享受失败所赐的朦胧和妖娆
就像一个精疲力竭的人
享受着使她病倒的持续的高烧

你看,她用自己的诗,为一个读者如我,已经做了预言。

读她的诗，不免自恋，总是想到自己。我作诗，不大喜欢宏大的内容。也许，这源自我怯懦的天性。一句"吾心微小"，可见我个人的主张。"亮／我就退后／而不过去"，这更是我流露的本性。初中写名字，我极烦"晓"字而喜"小"字，大学时，编了一部薄薄的未刊的诗集，取的题目，是《自信的盲者》。后来，索性把"晓"彻底地改成了"小"，又把"盲"字砌进了自己的斋号里，从此便想藏在"盲斋"之中而学古人了。

我以为，诗已是小技之一了。把许多的重负压在诗歌的身上，我总以为是一件特别糊涂的事情。诗之于我们的有限性，恰如我们总是无法超出我们自己的影子。但诗歌的重要，似乎却也正在于它的渺小、微弱，它的虚幻，它的精细，它务虚的比例，它以全部的弱，给予我们最大的强。于是诗，便成了我们心灵硕果仅存的，一件掩耳盗铃的华丽武装。它飞蛾扑火，它火中取栗，它是情与爱天良的护身符。

鲍贝这部诗集的"上篇"，有三分之二的内容，大约都可看作她一份极坦诚的自白。是自白，也是解剖。这些诗，有病历的性质，有话剧的聚合，有告别的感伤，有幸福的影像，有痛恨的无奈，有感恩的珍重。

寂寞的字句倒映在电脑屏幕上
仿佛蝙蝠
在归于洞穴的黑暗中犹豫

这些诗句一经说出，便有了它们自己的生命，山河入梦，它们在世界的风中奔跑，就是她，若是再重读一遍，也难于断定它们的来去。这些诗，一再沉思爱的艰难：

我们不能去爱。
到底是什么使我们坠入爱河？
我们倾尽所能地去爱，
却不能占有身体和灵魂
也占有不了美。
以为爱上了一个有吸引力的身体，
但那仍然不是美，
只是一堆由细胞组成的肉体，
我们亲吻和触摸到的也不过是
正在腐烂的嘴唇，和潮湿的肉体。
甚至做爱
也无法抵达身体对身体的真正渗透。

这些诗，真的可以温暖了一切爱的存在，如竹林的风

影,如从雾霾中夺回的灿烂的野花:

  亲爱的,只有你
  才是我整个的春天。

  爱如蒲公英的种子,微小、细弱,有谁还在意它呢?在这些诗中,"你"不是单独的个体,她所质询的,是我们每一个人:

  你爱得像刺猬
  小心翼翼
  犹如夜间的窃贼
  终日痛苦、冷漠、一言不发
  酒醉时你才喋喋不休

  这些诗,像虚无的,一滴精灵的晨露对太阳黑子的警告。
  诗歌之爱,是词语之爱,亦是伦理之爱。或者说,词语之爱,是抽象之爱,而伦理之爱,是具体、现实之爱。词语之爱易,伦理之爱难。如此难易,亦是诗歌写作的难易。"上篇"自白诗所无法包容的,便在那些解剖的诗里了。《野梅》《独白》《野月亮》《梅花开了》《星期天》《月光下》《你忽然出现》《嫉妒》《梦境》，"一小团的黑，折磨着一大片的空白。"这些诗走出了自我的虚空，在一种对话的关系中重新确证了自我，如烛与影，如"你是我的人质"。

伦理之爱表明，诗歌和现实和时代关系的密切。因了多种多样的误会，说起"时代"，就仿佛在说一件和我们无关的毛裤或者是话筒。从个人细微的情绪和词语中，我们依然可见一个时代的影子。一些伟大的写作者们已经代表了时代，但不妨碍有更多的以词为坟的人，从某一个侧面和角度，留下了自己的记录。无意与有意，即便是一首短诗，我们都会砌入自我对时代的观感。个人的哀苦，也未必就全是个人的因由。从物的角度去看，时代的硬与冷，时代的热与狂，必然会沾染到你细嫩的灵魂里。而作为诗人，而作为一首诗，其是必然会极为敏感地捕捉到的。我想，这也是诗歌现实主义之一种吧。

由鲍贝的诗，也可看到我们现时代的掌纹和面相。也许她是无意的。忘了功利，她才会写得如此的轻松自然。我想读过《昔日时光》《厌倦》的人，从中都可看到自己在现时代的倒影。《你好自杀了》是我极喜欢的一首颇富超现实主义色彩的诗：

"你好自杀了——"
每天早上醒来

总会飘过来这一句

当一束冷淡的晨光,像痛苦的天启
照亮你的床铺
又一个安静的夜晚从此消逝
盲目的生活,虚假的目标
不可避免的活动……
又将在白天纷至沓来

天光将百叶窗缝隙里的灰色疑问填满,
你摁下开关,窗叶瞬间收起,
仿佛所有的疑虑都被没收
世界无限光明
你大口吞咽着一只面包,走向办公室
凝重的神色像是被传去法庭
在温和的残废的空间里
另一个隐匿的自己
每天都在被判刑

当暮色降临,
你仍蜷缩在办公室的角落里
徒然的悲伤如一辆无轮的马车

骨头一阵冷颤，仿佛在害怕

你为一切而哭——

你曾紧握过的死去的手

你曾亲吻过却又离去的唇

你曾深爱却未来得及安抚的灵魂

连最后的黑暗，

也抛弃了你

像一个从未被劝服的人

再次发起新一轮的抗议

夜晚的突然喧嚣狂扯着你

你纵身一跃，

猛然将身体对折，挂在办公室高楼的窗口上

想象着一个终于成功自杀的人

  这些句子，如无处不在的摄像头，对准了你我焦虑的白发三千尺。

  如果说，诗集的"上篇"，是个人主义的真；那么，似乎可以说，诗集的"下篇"，则是面对世界的善和美。"上篇"几乎无一例外的，是独居斗室的言语拼杀，紧张、急迫，节奏是逃离地球一般的加速度；而"下篇"，舒缓了许多，从容了许多，可见她多年行走世界的见闻。这些诗，确实有散文化的缺欠，叙述经历，描摹场景，记一个人，忆一些事，在诗和散文之间的游弋，亦可见她并不是一个只会暗自垂怜的个人主义者，她有大的胸怀，她的悲悯由善而至美。

"下篇"总题为"在路上"。这个词已经老套了很多年。许多人以为自己已经"在路上"了，比如我。其实呢，只是说说而已，我们还没有出发，还在原地踟蹰，像个蚂蚱蹦跶了两下，就以为自己走遍了世界，经历了风雨。徒有一种精神，徒有一个神秘的暗示，仿佛一切都可以解决了——我们就是这么一步步把自己改造为鸵鸟的。我们如此之忙，忙到懒得动，懒得放弃。鲍贝的"在路上"，是实实在在的"在"，是行动起来的"在"，她是御风之人，只一个凄美的背影，让我们一再的恍惚。并有可能，拷问一下自己，是否应该重新开始。

说了许多。意犹未尽。

直到如今，我仍不知诗歌的形式为何。我越来越觉得，自己过去对形式的迷恋是错的。也许我变得更富有了，也许，我变得更贫乏了，总之，我此刻认为，诗歌的形式问题就是一个伪问题。再宽容一点讲，诗歌的形式问题，也是一个极次要极次要的问题。

这么说，不是为鲍贝的这部集子做辩护。恰恰相反，也许正因为她没有形式的概念，她才获得了分行的真正的自由。心地光明，自有诗情，自有诗行。

　　心地光明之心，即是赤子之心。这四个字，许多人都讲过，作为一个曾经写诗的人，"直到长出青苔"，我似乎才领悟到。也正是因了这四个字的教诲，我才一直逼迫着自己非要作这么一篇文章，姑且以此为序的同时，亦作为我个人诗话的一个遗照。

鲍贝的诗意与才情

读鲍贝的诗集《直到长出青苔》有感

▽

王明刚

我去寻访鲍贝书屋的日子,是 9 月 3 日,时为初秋,这日对我有些特殊。那几日杭州城夏尾的高温刚刚散去,太阳还有些许余威。我因看了鲍贝的新书《圣地边将》,思绪飘到西藏,于是动念寻访一下中国最美的书屋之一,顺便看看能不能淘到一些好书。

那日去时天晴,有云。鲍贝书屋位于西溪湿地西侧的邬家湾入口不远,与洪园为邻。我只去过一次,仍然记得鲍贝书屋前的池塘,小桥,荷叶,墙边的花树,还有绿得精神的芭蕉。

走进古色古香的书屋,让我有了穿越时空的感觉,我和鲍贝浅谈几句,她的气质如同她摆在案几上的百合花,散发香馨。

遇到好书，我就会沉溺在书中的世界里，忘记时光。我在书屋二楼读了鲍贝的中篇小说《转山》，掩卷而思的时候，发现几桌雅客都已经散去，抬头从天井看去，天空中风云突变，一时间大雨滂沱。雨水从天井的飞檐翘角之上飞流直下，荡涤人心。豪雨留客，我也因此读完整本的《转山》，也有幸结识了江南奇女子——鲍贝。夜色降临，我离开时带走了一本鲍贝亲笔签名的诗集：《直到长出青苔》。

因为忙，第一次开卷读诗已是几天后。草绿色的封面颜色如青苔，书封硬纸板的材质却并不柔软。

诗集的上篇叫作：致春天。

第一首诗名为《阿拉丁神灯》，其中似有鲍贝对诗歌的感悟："没有诗，诗不过是片刻的走神。"很赞同，我也常常把诗当作片刻遐想的记录。接下来的一句是："没有爱情，爱情不过是一个人的想象。"不曾真正拥有过爱情，我也想借来阿拉丁神灯试试看。

第二首诗名为《和狐狸跳舞》："她跳舞时，红色长裙随风飘起来，一夜间桃花纷纷，真像一只狐狸……"我觉得这首诗明明是在写女人，或者是在写女人的心思如狐，我不懂女人。

第三首诗就是《直到长出青苔》，短短的一首小诗："……空虚填满空虚，直到长出青苔，你才手捧花束，潜入我深夜的墓地。"有前两首诗歌的预热，我略微体悟到鲍贝的诗意和失意。

恰巧我在8月29日游西湖孤山的时候看到了青苔。

孤山突兀在西湖中，矮小而精致。因为四时之景不同，所以我经常去。那次是从南侧的孤山公园进入，寻访乾隆皇帝的行宫。当年皇家园林的恢宏建筑群早已不见，只余残根基底被玻璃罩保护着。乾隆的四万余首诗作，我也仅记得那句"一片二片三四片，五片六片七八片"。据说点睛的那句"飞入草丛都不见"还是纪晓岚的。而这诗又和郑板桥的《咏雪》"撞了诗"。但我不认为乾隆是失败的诗人。乾隆皇帝得享高寿，四万余首诗平均到生活中的每一日，都会使他的生活和思想充满诗意。做皇帝本是苦差事，写诗怕是苦中作乐。诗歌也没有高低贵贱之别，上至帝王，下至百姓，每个人享受写诗的过程就好。

鲍贝诗集中的169首诗，是在一个春天的时间内所作，鲍贝所拥有的那个春天，必是充满诗情画意。

我那日抵达孤山山顶，在人迹罕至的林间石径上发现了青苔。听着秋虫鸣唳，心中忽有"片刻的走神"，编了几句诗："孤山野径满青苔，此处幽深客不来。谁人共解秋虫语……"第四句如乾隆一般编不下去了，那时恰有几声闻如"单身好酷"的鸟啼声在天空飘过。于是最后一句"布谷声啼塞顿开"，算是续上了。

在梧桐叶落，枫叶渐红的秋日里，奔走于万丈红尘之中，我随身带着鲍贝的诗集，得闲了就品读几首。我读书极快，但读到好诗却喜欢细细品味。

每次打开诗集，就像走进鲍贝用心灵书写的春天世界。春天怎能没有花？鲍贝是爱花人，不吝笔墨来以诗写花，单是写梅花的就有好几首。比如：《野梅》《梅花开了》《吻梅》《鲜血梅花》《与梅同生》等，在此我仅摘录一些我喜欢的妙句与读者分享：

"世俗的赏花人不会经过这里，没有人的干扰，梅花便开得狂野而纵情。仿佛晨雾中被爱情笼罩的脸一样飞花。"——摘自《野梅》

"从梅枝到青瓦，暗夜到暗夜，飘忽的梅影仿佛悲哀，仿佛悲哀中忽然闪现的昔日欢乐。"——摘自《梅花开了》

"你只是想再吻一吻雪中那一朵梅，与一缕幽香辞别，寒风中她傲然孤立，在时间的深渊里，你只听见寂静的回响。"——摘自《吻梅》

我深爱梅花，在来杭州的这一年春天，我也遍访梅花，手机里存满了梅花的照片。关于梅花的诗词也写了几首，我较喜欢用古体写梅花。在古体里，林和靖的"疏影横斜水清浅，暗香浮动月黄昏"，已经成为前无古人，后无来者的绝句。这两句诗为梅花赋予灵魂，我能通感到如同西子临湖浣纱的形象，或者伴着儒雅君子红袖添香的形象，抑或者江南才女抚琴作画的形象。梅妻鹤子的林逋是真正的世外高人。传说他作诗是且赋且弃的，所以留存极少，都是精品。我在这个春天去拜林逋墓，他的墓旁，有梅花盛开。

鲍贝对梅花有独特的感情，诗集上篇《致春天》中的最后一首诗给出了答案："在那个元宵节的黎明，我与梅同生。""刚一出生，我便已经老了。生长于家门前的那棵巨大的古梅树，带来天空。邮差和背影带来远方，我的灵魂是沾了雨水的梅枝，我把它挂在阴寒的江南。"

在这首诗里面，蕴涵着鲍贝对人生体悟的缩影，幸福与苦海，告别与重逢，爱与恨……都纠缠在青春岁月里。

"我欠自己一个出走的决定，而爱情，欠我一个仪式……"

鲍贝她走出了春天，走向了广阔的世界，去寻找爱情，去追寻真理。于是诗集开启了下篇：《在路上》。

鲍贝去了《耶路撒冷》："我已走到耶路撒冷，站在宇宙的中心，可是我无论如何靠近，哪怕耗尽我所有的岁月，也走不到耶路撒冷……"鲍贝在神秘的阿拉伯世界游走，似乎真的在寻找阿拉丁的神灯。

鲍贝渡过了《卡萨布兰卡的夜晚》，在摩洛哥咖啡馆里，品尝味苦情浓的咖啡："瑞克咖啡馆里烛光摇曳，爱情在流转。"

安逸和舒适常常是驻足的理由，鲍贝没有停下穿越的脚步："我已远渡重洋、穿过千山，把我们的故事刻进撒哈拉，我将带回满口袋的沙、带回一些风。"

鲍贝还对世界屋脊珠穆朗玛峰跃跃欲试，但是在山脚下她有所悟："我坐在台下，有个小孩坐在我身边，年龄七八岁，手指着那一群人大声说：他们爬上去是为了去拍照的！我惊讶地转过脸去，就像注视一个巨大的真理。"

鲍贝满世界的苦苦追寻真理，吴哥、马拉喀什城、湄公河边、上海……所有精致而美丽的地方，或者荒凉而浩渺的地方。自然、人文、追古、探今……她有时候也会回到杭州，在灵隐路上走一走。

直到那一次，她走到冈仁波齐山前。

"而我，一个尘世间的凡俗女子，从未曾想过，哪一天会转到神山上去，它在我的梦想之外，比天更高，比遥远更远。"

"而此刻，我却置身山中，两天一夜的转山路上，我吃自带的干粮，喝一点点水……虔诚的信仰在山上席卷如浪，不断拍打我、淹没我，将我摧毁，重新塑造。"

柔弱的江南女子，独自走完转山路。

我对鲍贝转山的经历格外感兴趣，在她的书屋里面的时候也和她聊过这一话题。她说得轻描淡写，我却觉得转山以后的鲍贝拥有升华后的灵魂，她的魂光如此不同，让我着迷。

我常常读着鲍贝的诗句,就陷入鲍贝写诗时候的所见所闻,所思所想。她走了万里路,我仅读了数行诗。

鲍贝的诗歌中有她的自我、本我和超我。她在诗集里面也非常喜欢写夜晚和月亮,我从中读出爱情的向往和情欲的迷茫。鲍贝的诗里也在苦寻生命的真谛,充满思想的火花,为此她满世界的旅行、求知问道。

因此鲍贝的诗句基本都是自然而无拘无束的,朴实如倾诉,真挚若直白。

我是这样认为的,直到我读了最后的两首诗。

诗集的倒数第二首诗名为《致一座虚构的山》,这首诗最长,也最工整。全诗共有64行,每行皆是12个汉字。不同于前面众诗长长短短诗句的峰峦起伏,这首长诗排列得更像一块长长的,方方正正的石碑。读过前面的诗,我似乎不用读这长长的诗句,也可以略猜测几分鲍贝的所思所想。鲍贝似乎以梦为桥,窥视了另一个灵魂世界。她并不是想证明她也可以板板正正的写诗,她更多的是看穿了隐藏在世间不可见的囚笼。所以她以64句等长的诗句描绘出整个世界的如真似幻,如露亦如电。地球就这么大,走着走着,就回到了起点。梦境也只有那么长,终有一天会睁开眼。眼睛不再观望这个世界的时候,就是道别的时候。

最后一首诗是《天葬》："一场仪式过后，天地安静下来，孤独忽然充满人间。一个人，漫长的一生，于一个凌晨，顷刻间消逝。"鲍贝的诗情终于在这最后一首诗中爆炸开来："仍在流浪的风，不断向我发出疑问：怎样才算一场最美最彻底的埋葬——一场天葬算不算？一部埋头写下的小说算不算？当樱花满开时，遇上一场暴风雨算不算？用尽所有的爱与绝望谱写的诗篇算不算——？"

我读完这最后一首诗的时候，情绪也被带入得久久不能平静。世间的许多事，我也无法给别人答案，也无法给自己答案。当启示到来的时候，我会迎来怎样的葬礼？我不知道，也不敢去想象。我更不知道算不算读懂了鲍贝的诗，算，或许不算。

我从诗集中取出一枚小小的书签，仔细端详。书签的正面写着：鲍贝作品系列，诗集，直到长出青苔。下方是鲍贝在草丛中的坐姿照片，画面上的人优雅娴静。书签的背面，三分之二都是空白，余下的部分是鲍贝的画作《绿梅》。

梅枝弯曲如问号，这是一首无字诗。

你和解与否？

读鲍贝小说《平伯母》

▽

续小强

自从恢复订阅《十月》杂志后，感觉一直很不错，我觉得没有辜负了自己微不足道的银子。我真的有一点窃喜。于是，我乐意把《十月》比作自己文学视野内的《南风窗》和"财新网"。我活动的半径太小了，是的，我需要它们，因为它们能提供我所需要的不断更新的知识和信息。

这一期的《十月》看点很多，我最感兴趣的，是吕梁文学季的三篇"专稿"，阿来、格非、贾樟柯"从自身的乡村经验出发，以富有独创性的理性思考，以面向当代世界的开阔视野，梳理乡村文明的特点、演化以及与城市文明的映照，并探讨传统乡村文明消失的影响、当下重建乡村伦理的可能"。

我想，编者在写卷首语中的这几句话时，大概一定是受了某篇博士论文的影响吧。话说得精致而漂亮，与我的读后感却有一点点的不一致。好的理论文字，大约都是含有呼吸和体温的。三篇专稿给我以震撼的，是这三位业已功成名就的名宿，对乡村还有那么浓烈又复杂的情绪；他们演讲实录般的文字中，你能感觉他们的心在跳跃，断句停顿处，迷离但真诚的眼神一定像洁白的云在天上飘。我想，这就是乡村给予他们纯洁的力量吧。

那么，这和同期所发鲍贝的小说《平伯母》有什么关系呢？大有关系。三篇专稿题为"从乡村出发的写作"，阿来讲士绅传统，讲部分农民的"贫、弱、愚、私"，讲孤独卡的夫卡之外广阔的现实经验，讲"万户萧疏鬼唱歌"的魔幻现实主义，小说《平伯母》明暗之间皆有涉及。格非讲"失重感""城乡互关"，小说《平伯母》亦与之有关联。贾樟柯讲"忠于自己的世界很重要"，平伯母虽不识得几个字，从三十岁开始，她的大半生都在"忠于自己的世界"；尽管她的"忠"隔着贾樟柯的"忠"有十万八千里，但是，你能说平伯母的"忠"，就不能和贾樟柯的"忠"相提并论吗？

所以，这一期杂志读得人津津有味，有一点像读乡土小说的教学示范书了。"理论家"摆了道场，抛出观点，小说家赤膊上阵，现身说法。更有我等，在此摩拳擦掌，写评论。

不过,我这次所得的"知识"和"信息",最后一刻,全化作了一味苦涩酸重的心情。硬仿了杂志如上卷首语的博士论文腔,我说小说《平伯母》是鲍贝从自己的乡村记忆出发,以富有悲天悯人的感性笔触,穿越一个时代乡村的静默截面,在一个乡村女人与亲邻的争斗史的背后,向我们展露了这个女人仇恨满怀的大半生,她在探讨或追寻的是,罪与仇、恶与恨是如何交互搏斗,如何把一个乡村女人如此小世界的一生一次次摧毁而至坍塌的。

主席讲的"万户萧疏鬼唱歌"足够凛冽了,可仍有人愿为之赴汤蹈火。那么,是不是可以说,从教育价值的实现角度去看,理论的乌托邦,从来不及一句诗的呼喊,亦不及一篇小说对于暴力的消解的弥漫?在此意义上讲,鲍贝对于平伯母的态度,对于庆山伯父及其情人"花露水"的态度,对于平伯母的儿子天赐、儿媳林寒露的态度,真是值得人沉吟一番。

这些人,毫无疑问都是"贫、弱、愚、私"的典型代表,可鲍贝的笔触完全没有什么愤怒的味道,她那么平静的叙述让我吃惊,那么多字下来,她好像丝毫都没有动过一次容。一切都不应该发生,但它就是发生了;一切似乎都有偶然中断的机缘,但它就是停不下来;它既然已经发生了,那么我就用笔把它记下来。是不是这样呢?在写下第一个字之前，也许她已经和平伯母周遭的一切可爱与不可爱的空气完全和解了。你们看吧，就这样，这个世界有过这么一个女人，她恨了大半辈子，最后死了，还能怎么样呢？如果没有这些文字，她可能就没有在这个世界存在过；可即便有这样的文字，你所认识或知道的存在就是她的存在吗？除她之外，这个世界不知还有多少被罪与仇、恶与恨折磨至死的女人呢。

小说的场内场外，如此"和解"的伦理问题特别的突兀、陡峭，人性之幽微，于此大有深意。耳边再次响起"以直报怨"与"以德报怨"的理论家锋芒。

贾樟柯说，文学首先就是我们每个人心事的一种表达。照此看来，对自己的故园往事心思缥缈的鲍贝，也许根本就没有什么"和解"的纠结与纠缠。可念及自己的乡村记忆，读完小说，我却经不得自己一再地问、千万次地问：

你和解与否？

逃而不得：创伤叙事与"旧"女性故事

读鲍贝小说《平伯母》

▽

赵　依

编辑老师约稿时说，《平伯母》塑造了一个"苏大强"式的人物。谁是"苏大强"？是受悍妻压迫进而主动放弃自身家庭责任的无所承担者，还是沉溺于耻感和情绪又被迫压抑自我需求的假性妥协者，又或是伺机将长成的儿女作为偿债杠杆的自私、冷漠、吝啬和利己者？事实上，鲍贝的中篇新作《平伯母》讲述的故事并不拉杂——

平伯母通过花露水的气味发现丈夫鲍庆山出轨，自此开启了"失控"的一生：先是鲍庆山因平伯母的过激行为最终选择离家与"花露嫂"生活，再是平伯母放弃重建生活而将余生希望全然寄托于一儿两女成人后为她"报仇"的可能。最终，从破碎的原生家庭和平伯母的异常情绪中成长起来的儿女既厌恶、惧怕平伯母，也放弃了自身抗争、修复和建构主体性的尝试；两个女儿迅速出嫁，儿子天赐虽曾进入"书斋"短暂地拥有梦想，仍然在平伯母的劝导下结婚；媳妇林寒露凶悍不孝，天赐却不作为，并最终随林寒露搬离；故事落脚在鲍庆山去世时平伯母再次以其妻子的身份主持丧仪，她不许"花露嫂"参加；悲愤的"花露嫂"拒绝透露那份存疑的"遗嘱"导致林寒露再次因平伯母间接遭受经济损失；林寒露没通知平伯母来参加孙女婚礼，主动登门的平伯母以陌生人的身份被狗咬伤进而加重了暗藏的病情，不久后孤寂离世。

从创伤经验和原生家庭模型等方面进行人物形象分析，平伯母和"苏大强"确有共性，而在更大的文学范式中，以"五四"新文化运动为标志，一种肇始于乡土中国的家庭伦理道德变革，和以妇女问题为突破口的思想文化领域的现代性转型问题首先值得关注。被侮辱、损害的乡村女性形象在各历史时期的文学文本中反复出现，既"哀其不幸怒其不争"，又从中挖掘出极富启蒙性的文学主题。稍作提示，乡村人物形象历经 20 世纪 80 年代前期的"伤痕文学""寻根文学"等再到 80 年代后期、90 年代的"新写实""新历史"写作，并在 90 年代中期的乡土叙事和"底层文学"中趋于兴盛，诸种立场下的文学叙述塑造了不同时期的典型形象。而面向当下更为充盈的社会生活、更多元的社会文化以及转型中的乡土现实,这一重要的文学形象资源如何在当代作家的写作中确立恰当的叙述方式和叙述姿态,如何书写农民形象,尤其是如何书写乡村女性形象,并以此抵达现代性叙事及其意义诉求和具体反思,便是《平伯母》一类小说带来的重要思考维度。

起初,平伯母也没有多爱鲍庆山。相貌中下的鲍庆山是最为普通不过的配偶,而等他担任村治安主任,成为具有政治权力的男性甚至化身为乡村的律法时,平伯母才由崇拜萌生爱意——故事由鲍庆山男性主体身份的重建来开启,而这一介于暧昧边缘的既可疑又合理的社会身份与平伯母这样的乡村女性的悲剧处境已然合谋。平伯母身上的乡土经验、底层经验塑造了其性别变量的介入方式,"庆山伯父弯着腰,看了好久,看得浑身战栗。这个女人是他的妻子,天天要睡在他身边,在同一张床上,要是哪一天她的剪刀对准的不是那些衣服,而是他的身体……"而将性别身份前置于地域、阶层等经验,使三者间错综复杂的联系简单呈现为乡村女性处理问题时的歇斯底里,也是绝大多数乡村女性难以进入女性主义和现代性叙事视野的关键症候。

相较于平伯母,"花露嫂"则具有一定的现代性意味,"每次只要她一来,就要把庆山伯父给带走,还留下一股浓郁的花露水加狐臭的味道。"类比欧洲小说中的气味描写，人物自身或周围事物的气味和人物的阶级属性互相映照：中产阶级女性、中产阶级下层和下层社会的上层群体是可以发出气味的人物，因为他们本身和所处的工作、生活环境提供着可被识别的气味，而脱离了生产和商业活动联系的中产阶级上层群体的男性则一般不发出任何气味。尽管"花露嫂"的气味特征不能与之相提并论，我们仍然可以通过气味描写来诠释她的形象和性格。一方面，她身上有着原始自然且令人反感的体味；另一方面，她又以精心涂抹的人工香味来吸引男人，并于举手投足间形成浪漫诱人的整体气息，"花露嫂也有五十多了。在农村里，活到这个年龄已经算很老了。在这个村子里，有比她年轻的女人，有比她漂亮的女人，也有比她富有的女人，但她可能是这些女人当中活得最自我、最自信、也是最有姿色的一位。"

当然，我们不能以现代性意味来全然合理化人物身上的非道德因素，正如处于全知视域中的"我"作为叙述者在小说中坦言："我忽然明白，庆山伯父为什么选择了花露嫂，可又对平伯母充满同情和怜悯。"而这一态度也恰好映衬了乡土小说中被普遍书写的法律"边缘观"——"平伯母多次去找村书记，又找村主任，让他们管管这件事，但就是没人站出来管。他们每次都对平伯母说，这种事情不好管的，再说也没有证据。""从法律来说，她从来都没有失去过什么，她还是他的妻子，他也还是她的丈夫。他们没有办过离婚手续，虽然当初也没领过结婚证。"——我们可以从中国古代文学中找寻这一观念的历史脉络，例如明清小说中屡见不鲜的"无讼""厌讼""惧讼"心理，"无讼"观的实质在于官方正统和士人阶层所代表的文化大传统的理想与追求，而"厌讼""惧讼"心理则主要反映出平民百姓所代表的文化小传统的局限性。这一矛盾的大小两面具体到《平伯母》中的鲍庆山身上便是治安不自安，这既可从思想、社会结构等方面做深入探讨，又指向了乡村政治权力私有制结构的特例，平伯母的个人悲剧也由于缺失的乡村制度建设而贯通于乡土小说普遍观照的共性。

至于平伯母的儿女，被迫见证了父亲出轨离家、母亲持续崩溃的家庭破碎史，日日受窒息氛围的笼罩却又逃而不得，到哪里都没有家的感觉。平伯母尽管是苦了一辈子的可怜人，但她仍然属于那些受伤害和折损的乡村女性形象，是沉浸于旧事而断然放弃生活并始终无法成长起来并确立自身主体性的"旧"形象——养儿养女养的是自己的复仇欲，说到底还是自私的交换——这也难怪在平伯母儿女的身上会出现类似的青年成长和身份认同焦虑。而从小说的内部逻辑分析，平伯母的悲剧性命运是否是必然？

以原生家庭系统和创伤叙事理论来审视，平伯母儿女身上卑微的自我价值感和初阶的自我分化水平无疑都能成立，因而他们在心理上极其渴望逃离，并主要依赖从家庭以外的重要他人（配偶）那里获得亲密关系来作为逃离的办法。然而，如此的逃离，其结果只能是逃而不得，人物的深层心理既无法由此抵达疗愈和希望，逃离行为还成为人物情感彻底决裂的催化剂：旧有问题非但没有得到解决，人物与原生家庭生活的表面性隔离也不可能使其获得真正的独立，这也是平伯母的儿子天赐对媳妇林寒露听之任之的根本原因。缘此，平伯母对生活的绝望感不断加剧，最终陷入生命状态的极度低潮而走向灵肉的双重消亡。

起源于现代性暴力的创伤叙事，事件因素会以记忆和心态史的形式留存，因此受创主体的痛感往往在家庭生活的波澜中趋向于代代相传。也正因如此，我们恐怕不能忽略一个重要的事实，此即，在心理学的学科领域和文学的人文关怀场域中，从未断绝过与创伤和解、复归于平静、重建生活内在秩序的温暖可能——假使平伯母的儿女能够直面创伤，与创伤达成和解，重构平静稳固的家庭生活，平伯母是否能够得到稍许的救赎？相较于受创主体及其创伤事件的延展和重复叙事，与创伤达成和解或许才更能沉淀起文学的精神力量和人文价值，而这也可能成为小说观照现实的更优选择。

那些拓展视野和内心的冰川雪峰

读鲍贝的《圣地边将》

▽

郭建强

就像在黑蓝色的藏纸上,用金汁书写经文——那深沉的底色和灿烂的文字,在瞬间就能抓住观者的目光,进而深入人心——作家鲍贝的新书《圣地边将》,带给我这样的感觉。在她的笔下,四位驻守边地、与当地干部群众守卫西藏阿里地区、并全力推动地区经济社会发展的县委书记,在厚重的地理历史文化的背景上,生动地展现出了他们的形象、性格、情感和思想,他们的所作所为就像是在黑蓝色藏纸上浮现出的金色文字,以一种有力的形式撼动读者的心灵。

鲍贝的案头置放多副笔墨,显而易见的是她长于虚构和速写。这位文学界的"驴友先锋",将大量的笔墨投注于青藏，在相当一段时间内将青藏高原作为自己的素材库。小说是种长于提炼、抽象的语言艺术形式（我这样说，是因为虚构比纪实具有更高的概括力），尽管在这种文体中保持着生活和生命中毛茸茸热辣辣的质感，其文心所在却总是指向言外之意的。鲍贝的涉藏小说，同样具有这种结晶感受、观察、思考和想象的品质；就像发出"逝者如斯夫，不舍昼夜"喟叹的孔夫子，核心触发点在于他对人世、人生、时间（另一种河流）的涵泳一样（在文学史中此类文学作品如同饱满的果实压弯了各种语言），她的小说总是想启示我们事物都有多面性和易逝性。这是一种更贴近自己感受的写作。

终于，鲍贝终于勒住急行的缰辔，放下虚构，停驻阿里，而奇妙的地理构造、辉煌的文化和独特的民风民俗长久地闯入她的视野，叩打她的内心，拓张她的思考，让她将观察、感受和思考糅为一体，用崭新的笔法描绘广大的外部世界。继之而来是生活在这片土地上的人们——尤其是那些有血有肉、有使命担当精神的县委书记，引起了作家的高度关注。正是这些在社会上被潦草地统称为官员的人们，在鲍贝笔下显示了作为普通人的生命质地，和作为"圣地边将"的特殊奉献和自我超越。

在这样的倾听、交谈和思索中，作家鲍贝的优势显现了出来。她的文笔直接、透彻，具有现场感，她细腻的感受力和理解力，在人物刻画中充分显示出白描般的线条感来。这是一种区别于新闻媒体传统意义上叫作"人物通讯"的写作，同样也区别于那种叫作"报告文学"的体裁。鲍贝的笔触自由地穿梭于"圣地边将"的工作场所、生活经历、情感流露、内心世界；同时像是通过展示藏纸金字的节奏和韵律，从而引出那种文化的深度、厚度与气象一样，她用了大量笔墨书写被称为"世界屋脊"的"屋脊"——阿里地区"西四县"独具魅力的风景文化。

这是一种颇具创造性的书写结构：以所聚焦的四位驻藏干部作为其管辖县域的起首，接着铺陈而来的是他身后的苍茫阔远的大地，和那片大地上灿烂的文明。如此，全书以四部章节，构成了四幅可以连读的唐卡、四座并肩的纪念碑，使作者笔下的人物与人物脚下的土地构成了同体关系。

鲍贝是江南都市女子，在她的很多小说中，都市人的各种形象和状态跃然纸上，已成气候。但是，从十几年前开始的几十次入藏史，好像某种因子已经着床于作家的内心，从来在等待不断地激活。于是，我们看到鲍贝的小说中的场域在不断延展，西藏渐渐占据了她的小说的最大空间。

如果说以小说的形式来讲述人的故事，是鲍贝的优长所在；那么《圣地边将》则是作者对自我的一种突破。其动因在于，生活和工作在阿里地区噶尔县、普兰县、札达县和日土县的四位驻藏干部、县委书记、"圣地边将"（这个问题是多么准确的概括）深深地打动了作家。这群人鲜明地有别于都市的小资和中产阶级，他们的状态和精神其实是整个社会不可缺失的支撑。

鲍贝在自序中说："阿里的风景，每个人都可以通过驴友发布在网上的图片获知一二，牧民的生活细节也可以在很多书籍中找到踪迹，而那些生活在"世界屋脊"的干部，却极少有人探知他们的究竟，他们都是汉族人。他们不是援藏干部……他们是驻藏干部，是把自己的一生都交给西藏的一群人。"把自己的一生都交给西藏阿里意味着什么？那就是你要在海拔4000米以上的地方工作，那就是你长年要和老父老母妻子儿女不得相见，不能共同生活，那就是你要和当地民众打成一片，完成脱贫攻坚战等使命和任务。就是在这种情况下，噶尔县县委书记只能一次次"六亲不认"，夜里躲在宿舍为自己不能给家人以支持而痛苦；普兰县80后县委书记杨辉深知百姓不易，他们的每件小事都要当作大事处理。因此，县委办公楼的灯光很晚才能熄灭；札达县县委书记马庆林在海拔4300米以上的地区工作20年，直到把自己的根真正扎在高原。马庆林的家庭故事，格外打动人心……而日土县县委书记张黎明所在辖区即包括近来引起世界关注的班公湖，在日土县的中印边境线长达 350 公里。

可以想象，在这片圣地，作为"边将"需要多大的智慧、勇气和能力……鲍贝的笔下少有地流露出一次次被打动、撼动、感动的场面和场景。在现实面前，人如何选择，显示自我的品性，这是一种权利。但是，在人类社会历史中从来不乏为公忘私的人杰。马庆林认为，一个地方官所存在的意义，更多是为他人、为事业、为某种使命、为社会发展，而非仅仅是个体意志和利益伸张。这是大话吗？这是空话吗？只要身临其境，恐怕没有谁能做出如此轻佻的断语。实际上，我们的社会和生活的基础，就是靠着这些不断奉献的人们而变得坚实。

鲍贝的《圣地边将》独特的写作构造，跳脱的文法，贴心的感受和具有宽度、深度的思考，使得这本书与纯粹的旅游文体拉开了距离，而强烈的纪实风格，营造了虚构文体难以具备的在场性元素。作家将四位"边将"放置在古格王朝远去的背景中，放置在阿里地区一个个发光的文化遗址上，放置在星辰日月、江河湖泊、高山雪峰的大背景中，自然而然地给四位县委书记的画像，赋予了地理历史、社会时代的多种色彩。全书也因为着力于人物身后风景的书写，而具有人类学和社会学方面的意义。

我认真阅读全书，并与二十年前作家马丽华的著作《西行阿里》对照，阿里地区在我的认识里逐渐生动起来。这是昆仑山脉、喀喇昆仑山脉、冈底斯山脉、喜马拉雅山脉四大山脉汇聚之处，也是哺育象雄文明的狮泉河、象泉河、孔雀河、马泉河的奔涌之地。当然，更是人类文明创造力的一个特别的所在。古老的文化远去，可是现在的人们在继承和发扬着新的文化机体。就像你被这里的长江大河、大小巨峰开拓着视野和心灵，你一样会被在这里生生不息、勤于创造、不断进取的人们所震撼。

人活着，不就是为了让自己走得更远些，走得更高些吗？

《圣地边将》编后记

▽

续小强

鲍贝的这部书稿来之不易。

书的序言,正是她的创作谈。这是一篇起伏不平的创作谈。说"起伏不平",是她禁足在家,一边抗疫、一边写作的焦灼。如此焦灼,我们亦曾深刻地体会。电脑的荧幕上,是字与词的搏斗;电脑之外的世界,是人与病毒的抗争。"写作与世界"的关系,未曾如此魔幻地裸露过,如冰似火,刺激着她的神经。深夜如石,内心万箭齐鸣。在一个突然崩塌、破碎的世界里,要把每一个孤零零的原本无生命的方块字组合起来,让它变得有集体的秩序,有个人的情绪,有暖暖的爱,有良知和善良的体温,有水的柔情,有天空的开阔,除了才华、经验、勇气、毅力,似乎还应该有别样的更强更伟的奇力。人与病毒抗争，人亦与传奇共生。写作唯一的确定性，或许就在于它可以记录，或创造一个比真实世界更为真实的世界。

鲍贝说"这是又一本藏地笔记"。从写作者的角度看，我同意她的这个说法。从出版的角度，我们很多人也许会把它当成一部特殊形式的报告文学。因为报告文学自身的问题，她不一定爱听这个说法。所以，我用了"特殊形式的报告文学"来称之。这倒不是为了缓和出版者和写作者的关系，而是这有它实实在在的理由。说是"报告文学"，是因为这部书的主体，也就是书名的"圣地边将"，是阿里地区四个县的县委书记，是他们四个人的"采访后记"。她当然不是像报影机一样一一实录的，不是把采访的对象、采访的前前后后按时间顺序串珠子一样串起来。绝无虚构，不过确有像小说叙事一般剪裁和处理，加之以一贯的抒情笔法，她把四位"边将"的故事说给我们听（是的，她就是"说"给了我们听）。说是"特殊形式"，是每一章开篇写罢主人公，之后其余的篇目全是这位"边将"所在县域的风土人情。在风土人情的文字中，几乎没有一笔"边将"的内容。这些风土人情的描绘，倒没有减少主人公的屹立的伟岸，也许，她是想用这大段大段文字的铺陈，为四位"边将"的"站位"寻找虽是风景却是特异而圣洁的理由吧。由此，我就想起了山水画的一种程式，云山雾水占去纸幅大部，扁舟一人，似隐又现，他的孤独、散淡，毅然与悠然，让那些山水都有了活的滋味。

她在藏地游走多年，对当地的风土人情已了然于心，那么多的随笔文字，却是"声声慢"。她也写过为数不少以藏地为背景的小说，那些人物，那些故事，"那些与水相生的苍茫，已被孤独者遗忘"。

这一次，她把笔触伸展到了藏地"边将"的肉身和精神的意志，这些和云一样高远，又和湖水一样冷静的人，这些在记原扎根、工作的内地人，这些实实在在工作的共产党的干部。应该说，面对这样一群人，她其实没有太多的经验。她不在体制内，没有工作，没有写作的任务，对这一群体制内的人，她唯有陈寅恪之"了解之同情"了。这个"同情"，不是怜悯，是悲悯，是真的已具痛感的"同心共情"。由她的叙写，你可触摸他们的真实生命，他们的悲欢离合，他们的凌云壮志，他们的困顿、挫折，他们的坦然和坦荡。他们是活生生的一棵一棵的树，他们在高原寒冷的岗位上依然在感悟着、赞颂着、建设着生命和世界的美好。

鲍贝在文字中，有多处提到了自己的"震惊"和"感动"。在过去的随笔中，她从未有过如此的飘移。我相信她是真的被"震惊"和"感动"了。我想，她也一定终于找到了藏地之所以如此美好、自己之所以百转千回为之痴迷的、神奇的密码，和召唤自己内心的一个极为重要的理由。

《鲍贝书屋》歌曲浅析

周岂衣

作词：鲍贝
作曲：刘东风
编曲：刘东风
人声：刘可夫
钢琴：刘东风
贝斯：Akihiro Yamamodo
鼓：Daniel Silva
录音师：Brain Chirlo、张乐阳
混音：Brain Chirlo
母带：Brain Chirlo

这首歌是我妈妈写的词，我的爵士老师刘东风编的曲。鲍贝书屋是妈妈开的书店，一家开在杭州西溪一栋两百多年的明清古建筑里，另一家开在良渚古城遗址上。两家店分别有自己的曲子，这首是我们西溪店的店歌。

我永远忘不了第一次听到这首歌的兴奋心情，前奏短短几秒便能拉我入画，分析起来很有意思。开头急促的爵士鼓和钢琴配合，鼓点与钢琴的起步错开半分，又与下一段钢琴的第一声融合，时而戛然而止，往复八拍。这八拍看似相同，却有微妙音符和节奏的差别。每一拍中钢琴最后一音的延长，与短促如雨点的鼓形成反差，小军鼓闭合滚奏，根据格式塔的连续原则形成一条不再断续的线，以

此和钢琴干净的音律冲撞，让人产生对于主旋律的期待。在前奏最后一拍，钢琴向下滑行，完美引入男声。

进入主旋律，歌词的第一个字"我"拖长，加上人声的松弛、磁性，一下把听者拽入主旋律的叙事结构。"我"的开始，代表了一篇小说的开头，预示这个男人要开始讲故事了。前奏的邀请看似随意安排，实则每一拍都不同，像是刚刚结束的彩排，它们无所谓你的出现，也无所谓你的听与不听，却让你不得不全神贯注，想要看看他接下来到底想说些什么。我想我刚听到这首歌的兴奋就是从此而来。

人声本身的色彩也是听觉邀请性的一部分，他不是抽着烟的苍老与浑厚，也不是20多岁的年轻人，他没有西方人张扬的热情，也并非高冷得把人拒于千里之外。他是绅士，带着东方人的儒雅、隐忍与克制，靠近你。他的手环抱成半圆，等待着你的回应和拥抱，你想要用自己的行动来完成这一闭合，获得内心的完形。

第二句"你像天上的船"开始，整首歌的旋律开始上扬，和弦走向高处，从第一句的降E大七和弦升到G属七和弦，环抱着的圆又递进了一层。"你"是一种仿佛的触手可及，"你"的出现拯救了某人。在歌词里，"你"就是书屋。而根据人们的旧有经验，"你"是正在听着这首歌的你，人声的叙述是对"你"的一场告白。这一错位耐人寻味。前两句结束，到了"乘风而来"时，音律里的和弦终于得到解决。紧接着"清风中，云影百媚"，下一个未完成又来了，这个未完成带着紧张和转调而来，它承接"我心如飞鸟，飞向历史深处的光，靠近你"达到高潮，用字符的延长与音调的高音取得注意。

整首歌的编排转调了数次，并不断用和弦的延伸音（tension）带来刺激，也造成我想用吉他扒谱时的困难。而这些转调和音符恰到好处出现，紧张感和绵延起伏的稳定相辅相成，具有张力。北美爵士乐与中国古建筑是两个不相关领域的两个极端，在这首歌里却形成格式塔式的完美结合，它们相互对比、相互衬托，使得每一部分都被明显感知。另外，妈妈的"词"实际上是一首诗，她没有按照常规歌词的格式来书写。比如前奏、高潮的区分，以及歌词的一般重复规律等。刘老师却一字不改，他顺着这首诗的本来面貌编排，造成一种非常"当代"的感觉。我想这种"当代"的感觉便是源于他反形式的创作。和当代艺术一样，它乍一听是无规律、抽象的，如此让人听完记不住它的主旋律，也无法朗朗上口，这对于歌曲的流行与传播来说都是致命的一点。另一方面，作为纽约学院派出身的刘老师仍保留了一些基本的爵士标准曲原则，比如在中间的间奏部分，钢琴、大贝斯、鼓，按顺序的即兴，是很符合爵士听众概念中的一般规律。如果是专业的爵士听众，一定会启动脑海中的完形趋向原则，面对这样的听觉刺激，他会倾向于尽可能把歌曲呈现的刺激看作是完好旋律，即把不完全视作完全，无意义视作有意义。于我个人而言，我会非常期待中间人声即兴（scat）的进入，但显然它没有出现。也许是中文加入人声即兴的不合适，也可能是出于整首歌调性的安排，我不得而知。歌曲整体形式上不规律与规律不断重复、结合，冲突与和谐的交织关系如同解不开的结，它给人带来的种种期待与无限想象，我想这就是这首歌反复听也听不腻的原因。

鲍贝书屋

作词：鲍贝 作曲：刘东风

Bb7 G7b13 C7 FM7 E+
缱绻风烟 你 惊世骇俗 的美 让我 脱胎换骨 古老的
Ab/Eb C7 FM7 E7 CM C#o Dø7 AbMAJ7
青 瓦盛满今夜 的星雨 我坐在月光下 翻动诗经
Bb7 C#o7 Dø7 G7#9 FM7 Bb7 G7 C7
把自己分割成 无数幻影 深不可测的回响
DbMAJ7 FM7 Bb7 C7
转 身望见 你
SOLO SECTION
FMAJ7 D7
G-7 C7 A-7 D7 G-7 C7 F7 F7/A
Bb7 Eb7 A-7 D7 G-7 C7 G-7 C7/F#
FMAJ7 A7 A7 D7
D7 G7 G7 C7
C7 FMAJ7 D7 G-7 C7 A-7 D7
G-7 C7 F7 F7/A Bb7 Eb7 A-7 D7

C
D
Pt.
72 G-7 C7 FMAJ7 F#o GM7
望见遥远的自己 风物荒凉
76 C7 F/A FM/Ab GM7 FMAJ7 AM7 DM7
唯你清风独立 远逝 的朝野 眼前的深宅 谁还在
80 GM7 C7#5 Bb9 B° A7SUS4 D7SUS4 BbMAJ7 AM7
等梦里唐朝 等梦中人 许 你一句清 诗凉露 般 的诺言
84 GM7 C7 Bø7 EbMAJ7 C7
冷夜里 我 曾告诉过谁 你若在红尘 我要靠近 你
88 FMAJ7 D7 GM7 C7 FMAJ7 F#o
我 遇见了 你
92 GM7 C7SUS4 C7 AM7 DM7
地老天荒 千 年一梦 等 青 鸾 飞 过
96 BbMAJ7 F#o GM7 C7 FMAJ7 BbMAJ7 F#
笙 歌渐冷 寂寞如 华衣 空舞 仙乐飘起 我 在风中失语
100 D7#5 GM7 C7 C#o7 DM7
时 间和拥抱谁能 给得起 爱是 前 世的守望痛是 今 生的空谷
104 AM/E D7#9 G7 C7 B Db
我愿意为 你 写下深浅 写下梦境

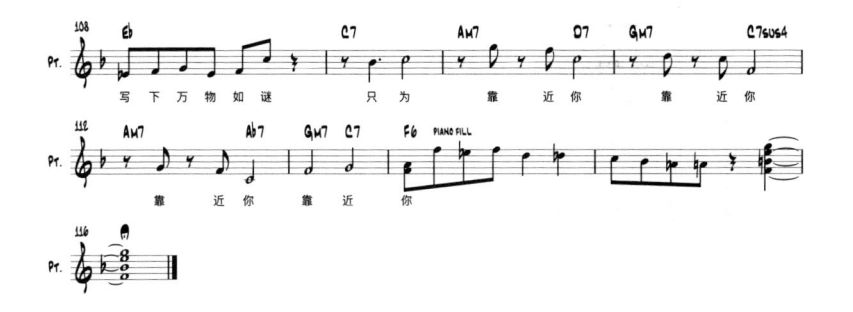

鲍贝

70后小说家,鲍贝书屋创始人。
国家一级作家,中国作协会员,鲁迅文学院第十一届学员、鲁迅文学院第二十八届青年作家深造班学员。
作品多在《十月》《人民文学》《钟山》《作家》《小说选刊》《中篇小说选刊》等发表、转载,且入选多种年度选本。
著有《去奈斯那》《观我生》《出西藏记》《还俗》《逃往经幡》等二十余部作品。